KYOTO

Yasunari Kawabata

KYOTO

tradução do japonês
Meiko Shimon

6ª edição

Estação Liberdade

Copyright © herdeiros de Yasunari Kawabata, 1960
© Editora Estação Liberdade, 2006, para esta tradução
Título original: *Koto*

Preparação e revisão   Nair Kayo e Graziela Costa Pinto
Composição   Johannes Christian Bergmann
Ideogramas à p. 7   Hisae Sagara, título da obra em japonês
Capa   Obra de Midori Hatanaka para esta edição, acrílico s/ folha de ouro
Editores   Angel Bojadsen / Edilberto F. Verza

CIP-BRASIL. CATALOGAÇÃO NA PUBLICAÇÃO
SINDICATO NACIONAL DOS EDITORES DE LIVROS, RJ

K32k

Kawabata, Yasunari, 1899-1972
Kyoto /Yasunari Kawabata ; tradução Meiko Shimon. - São Paulo : Estação Liberdade, 2019.
256 p. ; 21 cm.

Tradução de: Koto
ISBN 978-85-7448-116-6

1. Romance japonês. I. Shimon, Meiko. II. Título.

19-55299   CDD: 895.63
                                                        CDU: 82-31(52)
Meri Gleice Rodrigues de Souza - Bibliotecária CRB-7/6439
19/02/2019   25/02/2019

Todos os direitos reservados à Editora Estação Liberdade. Nenhuma parte da obra pode ser reproduzida, adaptada, multiplicada ou divulgada de nenhuma forma (em particular por meios de reprografia ou processos digitais) sem autorização expressa da editora, e em virtude da legislação em vigor.

Esta publicação segue as normas do Acordo Ortográfico da Língua Portuguesa, Decreto nº 6.583, de 29 de setembro de 2008.

Editora Estação Liberdade Ltda.
Rua Dona Elisa, 116 — Barra Funda — 01155-030
São Paulo – SP — Tel.: (11) 3660 3180
www.estacaoliberdade.com.br

古都

Sumário

Flores de primavera 11

O mosteiro e as portas gradeadas 35

A cidade dos quimonos 61

Os cedros de Kitayama 89

Festival Gion 117

As cores de outono 145

O verde dos pinheiros 173

As irmãs no outono avançado 205

Flores de inverno 227

Glossário 253

Flores de primavera

Chieko descobriu que as violetas floresceram no tronco do velho bordo. Ah! Elas haviam florido naquele ano de novo, pensou ela diante da suavidade da primavera.

O bordo era realmente grande para o pequeno jardim no meio da cidade, seu tronco mais corpulento que os quadris dela. Muito embora a superfície velha e áspera do tronco, coberta de musgo, não pudesse ser comparada a seu corpo jovem e delicado...

Na altura do quadril de Chieko, o tronco ligeiramente retorcido da árvore dobrava-se à direita, logo acima da cabeça dela. A partir dessa dobra, numerosos galhos se estendiam em todas as direções e dominavam o jardim. As extremidades dos longos ramos pendiam um pouco devido ao próprio peso.

Logo abaixo da dobra parecia haver duas pequenas cavidades, e em cada uma delas cresciam violetas que floriam a cada primavera. Pelo que se lembrava Chieko, aqueles dois pés de violeta sempre estiveram ali.

Trinta centímetros separavam as violetas de cima das de baixo. Chieko, que chegava à plenitude da mocidade, às vezes perguntava a si mesma se elas se encontrariam algum dia. Será que se conheciam?, pensava ela.

O que significaria, entretanto, "encontrar-se" e "conhecer--se" para as violetas?

Floriam três, quando muito cinco, a cada primavera, não mais que isso. Apesar de tudo brotavam e desabrochavam todo ano naquelas pequenas cavidades da árvore. Chieko contemplava-as da varanda, ou junto ao bordo, e, por vezes, sentia-se comovida pela "vida" das violetas sobre a árvore, ou se sensibilizava com a "solidão" delas.

Nascer num lugar como aquele, e viver sempre ali...

Os clientes que iam à loja costumavam elogiar o magnífico bordo, mas raramente notavam as violetas em flor. O velho e grosso tronco, cheio de nódoas e coberto por musgo até o alto, ganhava ainda mais imponência e sóbria elegância. As modestas violetas que nele se hospedavam não despertavam a atenção de ninguém.

No entanto, as borboletas conheciam-nas. Quando Chieko as descobriu floridas, pequenas borboletas brancas, esvoaçando rente ao jardim, aproximavam-se delas no tronco do bordo, que começava a apresentar brotos novos, pequenos e avermelhados. Com isso, o branco esvoaçante das borboletas destacava-se com mais nitidez ainda. As folhas e as flores dos dois pés de violeta deitavam tênues sombras nos novos musgos do tronco da árvore.

Era um dia suave de primavera, vagamente toldado de neblina, muito frequente na época das cerejeiras.

Mesmo depois que se foram as borboletas brancas, Chieko continuou sentada na varanda, a contemplar as violetas no tronco do bordo.

Quanta gentileza delas florirem de novo naquele ano, e num lugar tão isolado. Era o que ela tinha vontade de lhes sussurrar.

Sob as violetas, junto às raízes da árvore, havia uma antiga lanterna de pedra. O pai de Chieko tinha lhe explicado certa vez que a imagem esculpida no pé daquela lanterna era de Cristo.

— Não seria da Virgem Maria? — perguntara Chieko na ocasião. — No santuário Tenjin, de Kitano, há uma grande e bem parecida.

— Dizem que esta daqui é de Cristo — respondera o pai, com simplicidade. — Não leva o bebê nos braços.

— Ah, é mesmo... — concordara Chieko, perguntando em seguida: — Houve algum cristão convertido entre nossos antepassados?

— Não. Essa lanterna foi trazida por algum jardineiro ou pedreiro. Não chega a ser rara.

Talvez a lanterna cristã fosse da época em que o cristianismo fora proibido no Japão antigo. Feita em pedra de textura áspera e friável, a imagem em baixo-relevo acabara perdendo a forma pela ação do vento e da chuva de muitas centenas de anos. Apenas as formas da cabeça, do corpo e dos pés podiam ser reconhecidas. Devia ter sido uma escultura sem pretensões. As mangas, compridas, chegavam quase à bainha da vestimenta. As mãos estariam postas a orar, mas via-se apenas uma vaga saliência indicando os braços, sem definir ao certo sua forma. No entanto, era diferente das imagens de Buda ou das divindades protetoras, os Jizô.

A lanterna cristã, que no passado talvez tivesse sido um símbolo de fé ou um objeto de decoração exótica, agora repousava aos pés do velho bordo no jardim de Chieko, apenas pela sua beleza discreta de objeto antigo. Se algum cliente viesse a notá-la, o pai afirmava ser a imagem de Cristo. Contudo, era raro, entre os visitantes de negócios, alguém que reparasse na lanterna de aspecto sóbrio à sombra da grande árvore. Mesmo que a vissem, não a olhavam com atenção, pois era comum ter-se uma ou duas lanternas de pedra no jardim.

Chieko baixou os olhos que haviam descoberto as violetas na árvore e pôs-se a observar o Cristo. Ela não estudou em colégio cristão, mas frequentara a igreja para se familiarizar com o inglês e lera o Antigo e o Novo Testamentos. No entanto, não lhe parecia apropriado oferecer flores ou acender velas para aquela lanterna antiga. Não havia nela nenhuma cruz esculpida.

Julgou que as violetas sobre a imagem de Cristo estariam simbolizando o coração de Maria. Da lanterna cristã, voltou seu olhar para as flores. E, então, de repente, lembrou-se dos pequenos grilos canoros — os *suzumushi* — que criava dentro do pote de cerâmica *kotamba*.

Ela começou a criar aqueles pequenos insetos muito depois de ter descoberto as violetas no velho bordo. Havia quatro ou cinco anos apenas. Tinha ouvido o canto deles na sala de estar da casa de uma amiga do colégio, que lhe dera alguns.

— Pobrezinhos, confinados dentro de um pote... — comentou Chieko.

Mas sua amiga lhe respondera que assim era melhor do que criá-los numa cesta e deixá-los morrer. Dissera também que havia alguns templos budistas que os criavam em grande quantidade para vender os ovos, bem como muitos outros apreciadores daqueles insetos, que se dedicavam à sua criação.

Os grilos canoros de Chieko se multiplicaram e ela já possuía dois potes. Todos os anos, mais ou menos no primeiro dia de julho, eclodiam os ovos, e em meados de agosto os insetos começavam a cantar.

Eles nasciam, cantavam, punham ovos e morriam dentro daqueles recipientes estreitos e escuros. Mesmo assim, conseguiam preservar a espécie. Portanto, era melhor criá-los daquele modo do que num cesto onde teriam apenas uma única e curta existência. Mas a verdade é que tinham suas vidas confinadas no interior de um pote, tendo como céu e terra apenas um espaço limitado.

Chieko conhecia uma antiga lenda chinesa chamada *Céu e terra no interior do pote*. Dentro do pote havia palácios luxuosos, um sem-número de deliciosos saquês e raras iguarias do mar e da terra. Na realidade, no seu interior havia um mundo à parte, distanciado deste mundo vulgar, um paraíso terrestre. Tratava-se de uma das lendas sobre eremitas.

No entanto, era evidente que os grilos canoros não se recolheram voluntariamente para dentro do recipiente, desgostosos deste mundo flutuante. Com certeza, nem sequer sabiam onde estavam. E assim iam levando a vida que lhes fora dada.

O que mais tinha surpreendido Chieko, no cuidado daqueles insetos, fora o fato de que, de tempos em tempos, era necessário colocar no pote um macho proveniente de outro lugar, porque se deixasse somente os que lá viviam nasceriam insetos miudinhos e frágeis devido ao cruzamento repetitivo entre os da mesma comunidade. É para evitar isso que os apreciadores de grilos canoros costumam trocar os machos entre si.

Era primavera, e não outono, a época dos pequenos grilos cantarem. Porém, não era sem razão que Chieko lembrava dos insetos que viviam dentro dos recipientes. Recordava-se deles por causa das violetas que floriram nas cavidades do tronco do bordo.

Os grilos canoros foram postos nos potes por Chieko, mas como as violetas tinham ido parar num lugar tão exíguo? As violetas floriram, e os grilos canoros nasceriam e cantariam também naquele ano.

O ciclo da natureza...?

Chieko ajeitou os cabelos com os quais brincava a brisa primaveril, colocando-os atrás da orelha. E quanto a ela?, indagava a si mesma, comparando-se às violetas e aos grilos canoros.

Além dela, ninguém mais olhava para as singelas flores naquele pleno dia de primavera, em que resplandecia a vida na natureza.

Do interior da loja provinham os rumores dos empregados que se preparavam para almoçar.

Para Chieko também chegava a hora de se aprontar para sair. Um compromisso a aguardava: apreciar as cerejeiras.

No dia anterior, Shin'ichi Mizuki tinha telefonado a Chieko, convidando-a para irem juntos admirar as cerejeiras do santuário Heianjingu. Um amigo dele, que era estudante e trabalhava na portaria do jardim sagrado daquele santuário havia quinze dias, cuidando dos ingressos, avisara-o de que as cerejeiras estavam em plena floração.

— Foi como se eu tivesse deixado lá um sentinela. Informação mais segura do que essa é impossível — disse Shin'ichi, rindo baixo. Seu riso era grave e bonito.

— Ele vai nos vigiar também? — perguntou Chieko.

— Ele é porteiro. Um porteiro que deixa todo mundo passar. — Shin'ichi riu brevemente. — Mas se não gosta, podemos entrar separados e nos encontrarmos no jardim, sob as flores. Mesmo que fique a observá-las por muito tempo, não se cansará de apreciá-las de tão belas que são.

— Então, pode ir sozinho e admirá-las à vontade!

— Quem sabe, mas se houver um temporal esta noite e todas as flores caírem, eu não me responsabilizo, ouviu?

— Irei para apreciar a beleza das flores caídas.

— Acha que há beleza nas flores caídas e sujas após uma chuva forte? Veja, as flores caídas, quer dizer, na realidade...

— Que pessoa antipática!

— Quem, eu ou você?

Chieko escolheu um quimono discreto e saiu de casa.

O Heianjingu é famoso também pelo Festival das Eras, o Jidai Matsuri, mas suas construções não são muito antigas. Ele foi fundado em 1895, no 28º ano da era Meiji[*1], em memória ao imperador Kanmu, que estabeleceu a capital do país em Kyoto mais de mil anos atrás. No entanto, conta-se que o portal principal e o Pavilhão Exterior das Celebrações, o Gaihaiden, foram construídos tomando como modelos o

---

1. Veja no Glossário (p. 253) informações sobre os termos indicados com asterisco.

portal Ouninmon e o pavilhão Daigokuden do Palácio Imperial da antiga capital Heian, a Kyoto atual. Ali também foram plantados o Limoeiro da Direita e a Cerejeira da Esquerda.[2] Kohmei, o último imperador antes da transferência da capital para Tóquio, passou a ser venerado também nesse santuário a partir de 1938, 13º ano da era Showa*. Desde então, muitos casamentos passaram a ser realizados no local.

O mais espetacular, entretanto, é a variedade de cerejeiras cor-de-rosa de ramos pendentes que adornam o jardim sagrado do santuário. Não há nada mais representativo da primavera de Kyoto do que essas cerejeiras. É o que dizem.

Tão logo passou pela porta do jardim sagrado, Chieko sentiu até o fundo de seu coração o esplendor da plena florescência das cerejeiras de ramos pendentes. Ah! Havia encontrado a primavera de Kyoto mais uma vez, pensou. E ficou a contemplá-las.

No entanto, onde a estaria esperando Shin'ichi, ou ele não teria chegado ainda? Chieko resolveu procurá-lo primeiro e só depois ir ver as flores. Desceu pelo caminho entre as cerejeiras floridas.

Shin'ichi estava estirado na grama logo adiante. Com os dedos das mãos cruzados sob a nuca, mantinha os olhos fechados.

Encontrar Shin'ichi deitado foi algo inesperado para Chieko. Não gostou de vê-lo assim. Esperar deitado a che-

---
2. Seguindo o modelo do Palácio Imperial de Heian, foram plantados à direita e à esquerda do pátio frontal do Daigokuden.

gada de uma jovem... Não que se sentisse ultrajada, ou que achasse falta de bons modos, mas o próprio fato de ele estar daquele modo lhe desagradava. No dia a dia, Chieko não estava habituada a ver homens naquela posição.

Na universidade, Shin'ichi devia estar acostumado a deitar-se no gramado de costas ou apoiando-se nos cotovelos, enquanto discutia acaloradamente com os colegas. Então, naquele dia, ele podia apenas estar na posição costumeira.

Ao lado de Shin'ichi encontravam-se quatro ou cinco velhinhas que tinham aberto seus recipientes de lanche finamente laqueados, e conversavam despreocupadamente. Talvez tivesse simpatizado com aquelas velhinhas, sentando-se próximo a elas e, enquanto escutava a conversa, teria acabado por se deitar na grama.

Diante de tal pensamento, Chieko tentou sorrir, mas sem querer ficou ruborizada. Permaneceu ali, parada, incapaz de chamá-lo para que acordasse. Sentia vontade de ir se distanciando de Shin'ichi... Ela nunca tivera ocasião de ver o rosto de um homem adormecido.

Ele vestia corretamente o uniforme estudantil e tinha os cabelos bem penteados. Com longos cílios, parecia um adolescente. No entanto, Chieko não conseguia olhar para tais detalhes.

— Chieko! — chamou Shin'ichi e levantou-se.

Sentiu-se subitamente aborrecida.

— Não acha feio ficar dormindo desse jeito? Todos os que passavam por aqui o olhavam.

— Eu não estava dormindo, Chieko. Percebi quando chegou.

— Que malvado!

— Se eu não tivesse chamado, o que ia fazer?
— Foi depois de me ter visto que fingiu dormir?
— "Chegou uma senhorita que parece ser tão feliz", pensei. E senti uma ponta de tristeza. Também estava com um pouco de dor de cabeça...
— Eu? Acha que sou feliz...?
— ...
— Sente dor de cabeça?
— Não, já passou.
— Mas parece um pouco pálido.
— Não, já estou bem.
— Você parece uma espada perfeita![3]

Algumas vezes, tinham-lhe dito que suas feições lembravam uma espada perfeita. Mas era a primeira vez que ouvia aquilo de Chieko.

Quando se referiam a ele naqueles termos, invariavelmente Shin'ichi sentia uma emoção violenta a queimar-lhe por dentro.

— A espada perfeita não corta pessoas! Além do mais, estamos sob as flores. — Shin'ichi riu.

Com passos miúdos, Chieko subiu a ladeira e retornou à entrada da passarela coberta. Shin'ichi se levantou da grama e a seguiu.

— Quero ver todas as cerejeiras — disse Chieko.

Ao parar na entrada oeste da passarela coberta, as pessoas imediatamente podiam sentir a primavera, levadas pelas nuvens de flores da cerejeira cor-de-rosa de ramos pendentes.

---

3. No original, *meitou*, que significa perfeição da forma e acuidade mental.

É isso, a primavera! Até as extremidades mais finas dos ramos, longos e suspensos, estavam cobertas de flores cor-de-rosa de pétalas dobradas. Na realidade, o que se via era mais os ramos que sustentavam as flores do que as árvores floridas propriamente ditas.

— Nesta parte do jardim, eu gosto mais destas flores — disse Chieko, conduzindo Shin'ichi até o ponto onde a galeria virava para o lado de fora. Era um pé de cereja de ramos extremamente longos.

Shin'ichi parou ao lado de Chieko e pôs-se também a contemplar a árvore.

— Olhando bem, são muito femininas — disse ele.

— Como as flores, os ramos finos e pendentes realmente são delicados e fartos...

E, então, o rosa das pétalas dobradas parecia refletir um traço de suave tom de violeta.

— Não tinha pensado, até agora, que fossem tão femininas. A cor, a forma, bem como a graça da sensualidade — tornou a dizer Shin'ichi.

Afastando-se da cerejeira, encaminharam-se para os lados do lago. Onde o caminho se estreitava, havia tablados de madeira cobertos de tapete carmesim. Alguns visitantes estavam sentados, sorvendo chá verde e espumante.

— Chieko! Chieko! — Alguém a chamou.

Era Masako, vestida com um quimono de festa de mangas longas, que surgiu de uma cabana de cerimônia do chá chamada Choshintei, construída à sombra das árvores.

— Chieko, pode me ajudar um pouco? Estou cansada. Auxilio a cerimônia da minha professora.

— Com o quimono que estou vestindo, só se for para ajudar na lavagem dos utensílios — disse Chieko.
— Não faz mal. Então, na cozinha... É só preparar o chá e servir sem o ritual.
— Mas estou acompanhada.
Notando a presença de Shin'ichi, Masako sussurrou no ouvido de Chieko:
— Seu noivo?
Chieko balançou a cabeça, imperceptivelmente.
— Namorado?
Balançou novamente.
Shin'ichi tinha virado as costas e começava a caminhar.
— Então, venha participar da cerimônia junto com ele... Agora está mais vazia — convidou Masako. Mas Chieko recusou e foi atrás de Shin'ichi.
— Minha colega de aulas de chá... Ela é muito bonita, não?
— Uma beleza muito comum.
— Oh, ela pode ouvi-lo!
Com um olhar, Chieko despediu-se da amiga, que continuava em pé a observá-los.

Seguindo pela trilha abaixo da cabana de chá, chegava-se ao pequeno lago. Perto das margens erguiam-se as folhas de íris, competindo em altura com seus verdes jovens. As folhas de nenúfar flutuavam na superfície da água.
Ao redor do lago não havia cerejeiras.
Chieko e Shin'ichi contornaram sua margem e tomaram um caminho por entre as árvores em vaga penumbra. Sentia-se o perfume de folhas novas e da terra úmida. O caminho

estreito logo chegou ao fim. À frente, amplo e iluminado, um segundo jardim com um outro lago, este maior do que o anterior. Na água, o reflexo das flores de cerejeira embevecia os olhares. Turistas estrangeiros fotografavam os pés de cereja.

Entre as árvores da margem oposta do lago, viam-se os *ashibi*[4], que exibiam suas singelas flores brancas. Chieko se lembrou de Nara. Havia também muitos pinheiros de belas formas, embora não fossem de grande porte. Se não houvesse as cerejeiras em flor, os olhos de Chieko seriam atraídos pelo verde deles. Na realidade, mesmo naquele momento, o verde imaculado dos pinheiros e a água do lago realçavam a coloração rosada das flores nos ramos pendentes, tornando-as ainda mais deslumbrantes.

Shin'ichi foi em frente, saltando de uma pedra a outra no meio da água. Essa passagem chamava-se *sawatari*. As pedras eram de superfície circular como se tivessem secionado uma coluna do portal de um santuário xintoísta, o *torii*, e disposto suas partes em fileira sobre a água. Durante o trajeto, vez ou outra, Chieko teve de erguer um pouco a barra de seu quimono.

— Que vontade de carregá-la nas costas para passar por estas pedras — disse Shin'ichi, voltando-se para ela.

— Experimente. Eu o admiraria tanto!

Naturalmente, até uma anciã poderia atravessá-las sem maior dificuldade.

Ao redor das pedras também flutuavam folhas de nenúfar. E à medida que se aproximavam da margem oposta,

---

4. Também chamado de *asebi*, arbusto da família da azaleia, com flores brancas miúdas em cachos.

era possível avistar as sombras de pinheiros-anões refletidas na água.

— A disposição destas pedras seria abstrata também? — perguntou Shin'ichi.

— Não seriam abstratos todos os jardins japoneses? — volveu Chieko. — Como os musgos *sugigoke*[5] do jardim do templo Daigoji, de que tanto se fala como exemplo de arte abstrata. Chega a ser até enjoativo, mas...

— Pois é, aqueles musgos são realmente abstratos. Por falar nisso, terminaram as obras de reparo do pagode de cinco andares do templo Daigoji e vai haver uma cerimônia de reinauguração. Vamos assisti-la?

— A torre do Daigoji também ficou como a do novo Kinkakuji*?

— Deve ter ficado novinha, com as cores vivas. Mas a do Daigoji não pegou fogo... Foi desmontada e remontada. E a reinauguração acontecerá justamente em plena florada. Dizem que atrairá uma multidão.

— Se for pelas cerejeiras, não desejo ver nenhuma outra além destas cor-de-rosa de ramos pendentes.

Os dois terminaram de atravessar o *sawatari*, chegando a um local menos frequentado do jardim.

Perto da margem, no final da passagem, havia uma porção de pinheiros e, logo adiante, a passarela chamada Ponte-Pavilhão. Oficialmente era chamada de Taiheikaku, Pavilhão da Grande Serenidade, embora fosse uma ponte que se assemelhasse a um pavilhão. Em ambos os lados

---

5. *Sugi* (cedro) e *goke* ou *koke* (musgo), esses musgos são assim chamados porque em suas formas minúsculas (quando muito chegam a 2 cm de altura) lembram um bosque de cedro em miniatura.

da passarela existiam assentos de espaldar baixo. As pessoas ali se sentavam para descansar e contemplar o jardim, que se abria para além do lago. Aliás, não havia dúvida de que aquele jardim era valorizado justamente pela presença do lago.

Sentadas ali, as pessoas bebiam ou comiam alguma coisa, e as crianças corriam pelo meio da ponte.

— Shin'ichi, Shin'ichi, aqui... — Chieko sentou-se primeiro e pousou a mão direita num assento para lhe reservar um lugar.

— Posso ficar em pé — disse Shin'ichi. — Ou acocorado junto a seus pés...

— Deixe disso! — Chieko se levantou e o fez sentar.

— Vou comprar comida para as carpas.

Assim que retornou, Chieko lançou os bolinhos de farelo na água. As carpas coloridas se aglomeravam em bando, umas sobrepondo-se às outras, algumas chegando a projetar o corpo fora da água. Os círculos de ondas se espalhavam pelo lago. As sombras das cerejeiras e dos pinheiros oscilavam.

— Quer? — perguntou Chieko, oferecendo a Shin'ichi o resto da comida.

Ele não respondeu.

— Ainda está com aquela dorzinha de cabeça?

— Não.

Os dois continuaram sentados ali por muito tempo. Com a expressão que revelava uma mente aplicada, Shin'ichi fixava o olhar na superfície da água.

— Em que está pensando? — perguntou Chieko.

— Bem, em que será? Não acha que há momentos felizes em que não pensamos em nada?

— Num dia florido como este...

— Não se trata disso! É a sorte de estar ao lado de uma senhorita feliz... Talvez chegue até mim o aroma dessa felicidade. Do mesmo modo que a tépida juventude.

— Feliz, eu...? — indagou Chieko mais uma vez. Por um instante, uma sombra melancólica surgiu em seu olhar. Como seu rosto estava inclinado, podia ser que tivesse sido apenas o reflexo da água do lago nos seus olhos.

No entanto, ela se levantou.

— Do outro lado da ponte há uma cerejeira de que eu gosto.

— Dá também para ver daqui. Não é aquela?

A cerejeira era realmente magnífica, famosa pela sua beleza. Os ramos pendiam como os do salgueiro, alongando-se à medida que se inclinavam. A brisa quase imperceptível derramava as pétalas que caíam sobre os ombros e os pés de Chieko, parada sob a árvore.

Havia pétalas espalhadas ao pé da cerejeira. Outras flutuavam no lago, mas essas não somavam mais de sete ou oito flores...

Embora os ramos fossem sustentados pela armação de bambu, algumas de suas finas extremidades quase tocavam a superfície da água.

Através da cortina de flores cor-de-rosa com pétalas dobradas e, além do lago, sobre as árvores da margem oriental, via-se uma montanha coberta de folhas jovens.

— Seria a continuação das montanhas de Higashiyama*?
— perguntou Shin'ichi.

— É o monte Daimonjiyama — respondeu Chieko.
— É mesmo? Parece muito mais alto!
— Talvez porque esteja olhando por entre as flores.
— Mas Chieko se esquecera de que ela também estava entre as flores.

Lamentaram deixar o lugar.

O chão ao redor da cerejeira estava coberto de areia branca de grãos graúdos. À direita havia belos pinheiros, relativamente altos para aquele jardim, e então vinha a saída do jardim sagrado.

— Estou com vontade de ir ao Kiyomizu. — anunciou Chieko, ao sair pelo portal Outenmon.

— Ao templo Kiyomizu? — Shin'ichi fez menção de achar a ideia banal demais.

— Quero ver o crepúsculo de Kyoto, lá do Kiyomizu. Contemplar o pôr do sol de cima das montanhas de Nishiyama.

Diante da determinação de Chieko expressa naquelas palavras, Shin'ichi acabou assentindo com um gesto de cabeça.

— Então, vamos.
— A pé, certo? — indagou Chieko.

Era uma distância considerável. Evitaram as ruas por onde passavam os bondes. Deram uma volta maior, tomando o caminho do templo Nanzenji, passaram por detrás do templo Chion'in, atravessaram a parte dos fundos do parque Maruyama e saíram defronte ao templo Kiyomizudera* por uma ruela antiga. Chegaram no momento em que a neblina do entardecer primaveril começava a adensar-se.

No amplo terraço do Kiyomizu, chamado de palco, não havia mais visitantes, exceto três ou quatro mocinhas de uniformes escolares. Já nem se podia distinguir suas fisionomias.

Aquela era a hora em que Chieko mais apreciava visitar o lugar. No interior escuro do pavilhão principal as chamas dos oratórios estavam acesas. Atravessou-o direto, sem parar no palco. Do pavilhão de Amida prosseguiu até o terraço natural que havia na área dos fundos, o Okunoin. Lá também havia um pequeno palco construído em estrutura *kengai*.[6] Da mesma forma que a cobertura feita de cascas de cipreste do Japão, seu aspecto era leve e agradável. No entanto, ele estava voltado para Kyoto e os morros do oeste. A cidade tinha as luzes acesas, embora restasse ainda uma vaga claridade diurna.

Apoiada à balaustrada do palco, Chieko olhava na direção oeste. Parecia ter se esquecido da companhia de Shin'ichi, que se aproximara.

— Shin'ichi, fui abandonada quando bebê — disse ela, de repente.

— Abandonada?

— Sim, abandonada.

Shin'ichi ficou em dúvida se o termo "bebê abandonado" teria algum significado especial.

— Um bebê abandonado — murmurou Shin'ichi. — Sente-se por vezes assim? Se você foi um deles, então eu também o fui, espiritualmente... Todo ser humano talvez o seja. Nascer neste mundo significa ser abandonado por Deus.

Shin'ichi fitou o perfil de Chieko. A cor do crepúsculo parecia tingir-lhe o rosto suavemente. Talvez fosse a melancolia do anoitecer da primavera.

---

6. Estrutura de madeira em treliças usada para sustentar uma construção sobre um paredão de rocha.

— Será por causa disso que os homens são chamados de filhos de Deus? Primeiro Ele os abandona, e depois tenta salvá-los...

Entretanto, Chieko parecia não ter escutado nada; contemplava as luzes da cidade de Kyoto. Nem sequer voltou-se para ele.

Sem compreender as razões da tristeza de Chieko, Shin'ichi fez menção de pôr a mão no seu ombro. Ela recuou.

— Não toque na criança abandonada!

— Estou dizendo que o ser humano, filho de Deus, é uma criança abandonada... — A voz de Shin'ichi elevava-se um pouco.

— Não se trata de algo assim tão complicado. Eu não fui abandonada por Deus, mas pelos meus pais humanos.

— ...

— Fui deixada em frente às grades *bengara*[7] na porta da nossa loja.

— O que está dizendo?

— É verdade. Sei que não adianta lhe falar essas coisas, Shin'ichi.

— ...

— Sabe? Olhando daqui de Kiyomizu o anoitecer desta Kyoto tão grande, fico pensando se nasci nessa cidade mesmo.

— O que está dizendo? Enlouqueceu?

— Por que razão deveria mentir sobre um assunto como esse?

---

7. Pigmento de tonalidade semelhante ao ocre, feito com argila, com o qual são pintadas as grades de madeira das portas e janelas externas das casas tradicionais de Kyoto.

— Mas é a adorada filha única de um rico atacadista! Uma filha única prisioneira de suas alucinações.

— É verdade que me adoram. Sei que não é mais importante que eu tenha sido abandonada...

— Tem alguma prova de que foi mesmo?

— Prova? A prova são as grades *bengara* em frente à loja. As antigas grades sabem muito. — A voz de Chieko tornou-se mais límpida. — Acho que tinha acabado de ingressar na escola ginasial quando minha mãe me chamou para revelar que eu não era a filha que ela tinha trazido ao mundo, que ela e o papai tinham raptado um bebê muito bonitinho e fugido com ele de carro feito loucos. Mas, às vezes, por descuido, trocam o nome do lugar onde raptaram o bebê. Uma hora dizem ter sido em Gion, na noite das cerejeiras floridas; em outra, na margem do rio Kamogawa... Sentem pena de mim, de me dizer que fui abandonada em frente à loja, e inventaram essa história...

— Então, foi assim? E não tem ideia de quem são seus pais verdadeiros?

— Meus pais de criação me amam muito, por isso não tenho mais vontade de procurar meus pais de sangue. Talvez estejam nos túmulos dos desconhecidos de Adashino. Se bem que aquelas pedras são muito mais antigas...

A suave cor do crepúsculo da primavera, que vinha dos lados de Nishiyama, expandia-se como uma neblina levemente avermelhada, cobrindo quase metade do céu de Kyoto.

Shin'ichi não podia acreditar no que Chieko lhe revelara: que fora abandonada quando criança, mais ainda, raptada.

Como a casa dela ficava numa antiga região de atacadistas, seria fácil descobrir indagando na vizinhança, mas era óbvio que ele não pretendia investigar. O que deixava Shin'ichi confuso, e o que ele queria realmente saber, era por que Chieko tinha lhe feito aquela confidência, justamente naquele lugar.

Talvez o tivesse convidado a ir até o Kiyomizudera com o propósito mesmo de fazê-lo. Mas sua voz tinha se tornado ainda mais clara e límpida, como se no fundo dela perpassasse um fio de firmeza sublime. Não parecia ser um apelo a ele.

Sem dúvida, Chieko percebia que Shin'ichi a amava. Teria ela feito aquela confissão para revelar sua origem à pessoa amada? Shin'ichi, porém, não interpretou desse modo. Ao contrário, para ele soara como uma recusa prévia de seu amor. Mesmo que a história da "criança abandonada" fosse uma invenção dela...

No santuário Heianjingu ele havia dito várias vezes a Chieko que ela era "feliz", e na esperança de que estivesse protestando contra isso, Shin'ichi lhe perguntou:

— Depois que soube que fora abandonada, sentiu-se triste? Magoada?

— Não, nem um pouco. Nem uma coisa nem outra.

— ...

— Quando eu quis ir para a universidade e pedi permissão a meu pai, ele me disse que o estudo só causaria transtorno, já que sou herdeira dele. Ele preferia que, em vez disso, eu me interessasse pelos negócios da loja. Quando papai me disse aquilo fiquei um pouco...

— Isso foi no ano retrasado, não?

— Sim.
— É absolutamente obediente aos seus pais, Chieko?
— Absolutamente.
— Mesmo no que diz respeito ao casamento?
— Sim, pelo menos no momento — respondeu sem a menor hesitação.
— Não tem vontades, sentimentos próprios? — indagou Shin'ichi.
— Tenho até demais, e isso me incomoda...
— Então os reprime... Acaba matando-os?
— Não, eu não mato meus sentimentos.
— Só diz coisas enigmáticas. — Shin'ichi tentou rir, mas a voz tremia um pouco, então inclinou o corpo sobre a balaustrada para observar Chieko. — Deixe-me ver o rosto da misteriosa criança abandonada.
— Já está escuro demais, não?... — Chieko voltou-se para ele pela primeira vez. Seus olhos brilhavam. — Dá medo... — E dirigiu seu olhar ao telhado do pavilhão principal.

A espessa cobertura de cascas de cipreste parecia avançar sobre ela, pressionando-a de modo ameaçador, como uma sombra pesada, escura e volumosa.

O mosteiro e as portas gradeadas

O pai de Chieko, Takichiro Sada, encontrava-se em retiro havia três ou quatro dias num mosteiro de monjas budistas no interior de Saga.

Nele havia apenas uma monja, a superiora, que já passara de 65 anos. Por sua relação com a velha capital, o mosteiro, ainda que pequeno, tinha sua própria história. Mas como o portão ficava oculto atrás do bambuzal, era praticamente desconhecido dos turistas, e mantinha-se silencioso em seu recolhimento. Únicos e raros movimentos ocorriam quando a ala dos fundos era usada para os encontros da cerimônia do chá, embora não fosse uma sala de chá renomada, e quando a monja superiora, vez ou outra, saía para ministrar aulas de ikebana.

Era possível dizer que a vida de Takichiro Sada, que ali alugara um quarto, era semelhante à daquele mosteiro.

A loja de Sada, situada no distrito de Nakagyo, era um tradicional atacado de quimonos de Kyoto. E, como a maioria das lojas daquela região, se transformara em sociedade anônima, pelo menos na aparência. Takichiro era então o presidente, mas os negócios eram deixados nas mãos de um *bantô*.[8]

---

8. O chefe dos empregados, responsável por todo o funcionamento de uma firma, enquanto os patrões de dedicavam mais a atividades sociais, dentro do sistema tradicional de aprendizado dos ofícios.

Porém, ainda conservava muitos costumes das casas comerciais de longa tradição.

Desde jovem Takichiro apresentava um temperamento de mestre-artesão. E não gostava da vida social. Não tinha a menor ambição de expor seus desenhos reproduzidos em tecido. Mesmo que o tivesse feito, eles seriam modernos, bizarros demais para a época, e dificilmente conseguiria vendê-los.

Seu pai, Takichibei, mantinha-se apenas observando o trabalho do filho, sem nada dizer. Não faltavam desenhistas na própria casa e pintores de fora para criar os padrões adequados às tendências de então. Entretanto, ao descobrir que Takichiro, o qual não era nenhum gênio, andava angustiado devido a sua frustração artística e produzindo estranhos desenhos para tecidos *yûzen*[9], sob o efeito mágico de entorpecentes, mandou-o imediatamente para o hospital.

Ao herdar a loja após a morte do pai, seus desenhos tornaram-se ordinários e Takichiro lamentou-se por isso. O recolhimento solitário no mosteiro de Saga fora uma tentativa de buscar inspiração para suas composições.

Após a Segunda Guerra, os motivos dos quimonos também sofreram uma mudança radical. Ele recordava os estranhos desenhos que havia criado nos tempos idos com a ajuda de entorpecentes, e que hoje seriam considerados inovadoras obras de arte abstrata. No entanto, a essa altura, Takichiro já tinha passado dos 55 anos.

— Eu deveria tentar um estilo absolutamente clássico — murmurava às vezes Takichiro. Porém, vinham-lhe à mente

---

9. Técnica de tingimento e pintura em seda desenvolvida por Yûzen, rica em coloração e detalhes, e de caráter realista. Usada principalmente em quimonos de Nishijin, Kyoto.

numerosas criações antigas de excepcional beleza e qualidade. As cores e os motivos de retalhos antigos e de peças de vestuário dos séculos passados estavam todos guardados na sua memória. Naturalmente, ele percorria os jardins famosos de Kyoto, os campos e as montanhas dos arredores, traçando esboços estilizados para os quimonos.

Chieko chegou por volta do meio-dia.

— Papai, comprei *yudôfu*[10] de Morika. Quer que eu o prepare?

— Ah, obrigado... Gosto muito do *yudôfu* de Morika, mas fico ainda mais feliz com sua visita. Vai permanecer até o fim da tarde para desembaralhar a mente de seu pai? Quem sabe assim eu consiga criar um bom desenho.

Não havia necessidade de um mercador de tecidos para quimonos trabalhar na criação dos desenhos. Ao contrário, isso poderia até atrapalhar os negócios. Contudo, mesmo estando na loja, Takichiro costumava ficar sentado metade do dia na sala dos fundos, diante da mesa colocada à janela que dava para o jardim interno onde havia a lanterna cristã. Atrás da mesa, nos dois armários velhos de palóvnia, ficavam os retalhos de tecidos antigos da China e do Japão. Na estante de livros ao lado havia tão somente catálogos de tecidos de vários países.

Na parte superior do depósito, construído nos fundos do terreno, estava armazenada uma quantidade considerável de trajes do teatro nô e mantas de quimonos de noiva em

---

10. Prato feito com tofu (queijo de soja) cozido na sopa à base da alga marinha "*kombu*", katsuobushi (raspas de bonito seco) e legumes. Normalmente é preparado à mesa em pequeno fogareiro e panela de cerâmica.

estado original, entre outras preciosidades. Também havia um grande número de saraças dos países do sul.

Alguns desses artigos tinham sido colecionados pelo pai ou avô de Takichiro, mas este, quando convidado a participar das exposições de retalhos antigos, recusava-se secamente, sem margem de reconsideração.

— Nossos artigos não podem passar da soleira da casa por ordem expressa dos antepassados. — Assim era sua recusa, teimosia pura.

A casa era uma construção antiga de Kyoto, e quem ia ao banheiro tinha de passar pelo corredor estreito ao lado da mesa de Takichiro. Naquele momento, ele se limitava a franzir as sobrancelhas e se conservar calado, mas quando o ambiente na loja ficava um pouco ruidoso ele ralhava, irritado:

— Não conseguem manter silêncio?

Então, o *bantô* se aproximava, inclinando-se com as mãos postas no tatame:

— É um cliente de Osaka.

— Não faz mal que não compre de nós. Lojas de atacado não faltam!

— Mas é um freguês de muitos anos, por isso...

— Tecido para quimono se compra com os olhos. Quem quer comprar com a boca não tem olhos. Um comerciante o avalia no primeiro olhar, se bem que a maioria de nossa mercadoria é de baixa qualidade.

— Sim, senhor.

Takichiro cobria os tatames com um tapete estrangeiro de renomada origem, estendendo-o por debaixo da mesa e do coxim. Além disso, fez-se cercar de cortinas feitas de preciosa saraça dos países do sul, uma ideia de Chieko. Atenuavam os ruídos da loja. De quando em quando, ela as trocava. Cada vez que as cortinas eram substituídas, o pai sentia no coração o carinho da filha, e falava-lhe sobre aquele tecido: de que época era e que significado tinha o desenho, se era de Java, da Pérsia... Mas Chieko nem sempre compreendia as minuciosas explicações.

Certa vez, ela comentou olhando as cortinas à sua volta:

— Seria uma pena fazer bolsinhas com este tecido, que também é grande demais para ser cortado em guardanapos de chá. Se confeccionasse obis[11] para os quimonos, para quantos daria?

— Traga-me uma tesoura — disse Takichiro.

Com a habilidade de um mestre, o pai cortou o tecido da cortina.

— Ficará bom para o obi de Chieko, não é?

Surpreendida, ela sentiu os olhos úmidos.

— Oh, não! Como pôde, papai?

— Está bem, está bem. Se usar o obi desta saraça, pode ser que eu ganhe inspiração para novos desenhos.

Chieko estava com esse obi quando foi visitar seu pai no mosteiro de Saga.

Naturalmente, Takichiro notou logo o obi que a filha usava, mas não deteve nele seu olhar. Para um tecido de saraça tinha estampas graúdas e vistosas, com variação de cores fortes e claras. Mas ele tinha certa dúvida se era adequado a uma jovem na flor da idade.

---
11. Faixa de tecido com a qual se amarra o quimono.

Chieko pôs ao lado do pai um recipiente com refeição, em formato de meia-lua.

— Aguarde um momento, antes de se servir. Vou preparar o *yudôfu*.

— ...

Ao se levantar, Chieko virou-se para olhar o bambuzal que se estendia nas imediações do portão.

— Já é o outono dos bambus... — comentou o pai. — O muro de argila começou a desmoronar, está inclinado e bastante deteriorado. Assim como eu.

Chieko, já habituada a ouvir o pai falar daquele jeito, nem tentou consolá-lo, repetindo apenas o que ele dissera: "O outono dos bambus."

— Como estavam as cerejeiras do caminho? — perguntou ele num tom ameno.

— As pétalas caídas estavam espalhadas na água do lago. Pude ver de passagem um ou dois pés ainda em flor, em meio às folhas novas, nas encostas um pouco afastadas. As flores eram muito bonitas.

— Hum.

Chieko foi para dentro. Takichiro escutou os ruídos de cebolinhas sendo picadas e de bonito seco sendo raspado. Retornou, trazendo os utensílios de Tarugen para a preparação do *yudôfu*. Utensílios para preparar algo leve como esse prato foram trazidos de casa.

Chieko o servia com cuidadosa atenção.

— Faça-me companhia, coma um pouco — disse o pai.

— Sim, obrigada...

Analisou o quimono da filha, do ombro ao busto.

— Como é discreto! Veste apenas quimonos com estampas criadas por mim. Talvez seja a única pessoa a usá-los. Esses que não servem para a venda...

— Uso porque gosto, por isso não se incomode!

— Mas é muito discreto.

— Sem dúvida, mas...

— Não que fique mal uma mocinha vestir um quimono assim... — disse o pai, num tom repentinamente severo.

— Quem tem olho para avaliar, tem me elogiado.

O pai emudeceu.

Nos últimos tempos, os esboços de Takichiro eram mais um *hobby*, um passatempo. Na sua loja, que havia se tornado um atacado mais voltado ao gosto popular, o *bantô* mandava tingir apenas duas ou três criações dele, apenas por respeito ao patrão. E Chieko fazia questão de ficar com uma delas para seu próprio uso. O tecido utilizado era sempre de primeira qualidade.

— Não precisa vestir sempre as minhas criações — dizia Takichiro. — Também não precisa usar apenas os tecidos de nossa loja... Não tem por que se sentir obrigada.

— Obrigada? — Chieko se surpreendeu novamente. — Mas não uso por obrigação!

— Se começasse a vestir quimonos vistosos, eu poderia achar que arranjou um namorado — ao falar isso, o pai deu uma risada sonora, mas sua expressão não trazia nenhuma alegria.

Enquanto servia o *yudôfu*, Chieko observou sem querer a grande mesa de seu pai. Não havia ali nenhum material a indicar que ele estivera trabalhando nos desenhos para o tingimento tradicional de Kyoto.

No canto da mesa havia somente uma caixa contendo o jogo de acessórios de caligrafia, em laca de Edo com incrustação de ouro, e dois volumes da reprodução (ou melhor, modelos de caligrafia) de *Kôyagire**.

Recolhendo-se no mosteiro, o pai talvez tentasse esquecer os negócios da loja, pensou Chieko.

— Com quase sessenta anos estou começando a ter aulas de caligrafia — comentou Takichiro um pouco encabulado. — Mas as sinuosas linhas do silabário *kana*[12] em estilo Fujiwara servem, de algum modo, para os desenhos de quimono.

— ...

— É deprimente, mas as minhas mãos tremem.

— E se escrevesse bem graúdo?

— É o que venho fazendo, no entanto...

— E aquele velho *juzu*[13] sobre a caixa de caligrafia?

— Ah, aquele! Pedi para a monja superiora e ela me cedeu.

— Papai, o senhor usa aquilo para orar?

— Bem, usando a linguagem de hoje, seria um mascote. Há momentos em que, segurando-o na boca, me dá vontade de esmigalhar as contas com os dentes.

— Mas é sujo! Deve estar impregnado da imundície das mãos que o manipularam nesses anos de uso!

— Sujo, por quê? São manchas de fé que foram se acumulando ao longo de duas, três gerações de monjas.

Sentindo que entristecera o pai, Chieko calou-se e baixou a cabeça. Depois, levou as louças e os utensílios do *yudôfu* à cozinha.

---

12. Silabário fonético japonês.
13. Rosário budista, cuja quantidade de contas é variável, chegando no máximo a 108.

— E a monja superiora? — perguntou, ao retornar da cozinha.
— Já deve estar de volta. E você, Chieko, o que pretende fazer agora?
— Caminhar um pouco pela região de Saga. Arashiyama nesta época deve estar abarrotada de gente, e eu gosto mais do santuário Nonomiya, da estrada do templo Nison'in e de Adashino.
— Se gosta desses lugares na juventude, imagino do que gostará no futuro. Não se torne como eu, por favor!
— Uma mulher pode ficar parecida com um homem?
O pai permaneceu em pé no corredor externo e acompanhou Chieko com o olhar.
A idosa monja não demorou muito a chegar. Imediatamente, pôs-se a varrer o jardim.
Takichiro sentou-se à mesa e ficou a relembrar as pinturas de Sôtatsu*, de Korin e de outros mestres, os brotos de samambaia e de outras plantas, bem como as flores de primavera. Pensava em Chieko, que acabara de sair.

O mosteiro no qual o pai estava recolhido desapareceu por trás dos bambuzais tão logo Chieko alcançou a estrada da vila.
Ela pretendia visitar o templo Nenbutsuji, em Adashino, e foi subindo a escadaria de pedra, muito antiga e gasta, até o local onde havia duas esculturas de Buda no paredão de rocha à esquerda, mas parou ao ouvir vozes ruidosas no alto.
Havia centenas de lápides de pedra em forma de pequenas torres, já desgastadas pelo tempo, erguidas em memória de mortos desconhecidos. Nos últimos tempos, utilizavam

o lugar para sessões de fotografia, em que mulheres com estranhos vestidos semitransparentes posavam no meio daquelas torres acotoveladas na planície. Estaria acontecendo mais um daqueles eventos?

Na altura das esculturas de Buda, Chieko deu a volta e desceu a escadaria. Lembrou-se das palavras do pai.

Mesmo que fosse para evitar o movimento dos turistas de Arashiyama na primavera, visitar somente Adashino e Nonomiya não era muito apropriado a uma jovem mocinha. Menos apropriado ainda que vestir quimonos discretos criados pelo seu pai...

O pai parecia não estar fazendo nada naquele mosteiro, pensou Chieko. E sentiu uma vaga tristeza penetrar no seu coração. Ao ficar mordendo o *juzu* velho e encardido de sujeira acumulada, em que estaria ele pensando?, perguntava-se ela.

Chieko sabia que, na loja, o pai sofreava um sentimento violento, que às vezes aflorava a ponto de ele esmigalhar as contas do *juzu*.

— Seria muito melhor se ele mordesse meus dedos... — murmurou para si mesma, balançando a cabeça. Depois, procurou desviar o pensamento para o dia em que, na companhia da mãe, fora ao templo Nenbutsuji e, juntas, tocaram o grande sino.

A torre do sino fora construída recentemente. Sua mãe, uma mulher miúda, não conseguia extrair dele um som profundo.

— Mamãe, é preciso concentração — Chieko colocou a mão sobre a da sua mãe, e as duas tocaram juntas. O sino ressoou longamente.

— É mesmo! Até onde nosso toque estará chegando? — alegrou-se a mãe.

— Ah, é diferente de quando os experientes bonzos tocam... — respondeu Chieko, achando graça naquilo.

Enquanto rememorava a cena, Chieko seguia pelo caminho que levava ao santuário Nonomiya. Não faz muito tempo, sobre esse caminho alguém escreveu: "Ele vai penetrando no fundo do bambuzal." Mas atualmente a penumbra tornou-se mais clara, e das barracas defronte ao portão os vendedores põem-se a gritar, chamando os clientes.

No entanto, o modesto santuário não tinha mudado em nada. Fora referido no *Genji Monogatari** como o local do palacete onde viveram as princesas imperiais designadas a servir como sacerdotisas no santuário Isejingu. Antes, recolhiam-se ali por três anos para se purificar, numa vida de total dedicação. É conhecido pelo *torii* de madeira preta com casca e pela cerca fina de macegas trançadas.

Seguindo o caminho no meio do campo a partir do Nonomiya encontrava-se uma ampla região: Arashiyama.

Antes de chegar à ponte Togetsukyo, Chieko tomou um ônibus na alameda de pinheiros à margem do rio.

O que iria dizer sobre o pai quando chegasse em casa? Se bem que a mãe já devia saber de tudo...

A maioria das casas de Nakagyo tinha virado cinzas na conturbada época que precedera a Restauração Meiji, em 1867, em decorrência de incêndios, os quais ficaram conhecidos como "das Espingardas" e "dos Canhões". A loja de Takichiro tampouco escapara do mesmo destino.

Por isso, mesmo que tenha sido preservado o estilo tradicional das lojas da antiga Kyoto, com as portas frontais gradeadas e pintadas de *bengara* e janelas do tipo *mushiko*[14], na realidade, nenhuma delas tinha mais de cem anos. Dizem, contudo, que o grande depósito nos fundos da loja de Takichiro havia escapado daqueles incêndios...

Seu estabelecimento praticamente não fora modernizado, em parte devido ao caráter de seu proprietário, mas também por ser um atacado cuja administração não prosperara.

Retornando à casa, Chieko abriu a porta de correr gradeada da frente, de onde seu olhar podia alcançar até a parte dos fundos.

Sua mãe, Shige, fumava, sentada à mesa onde o pai costumava sentar-se. Com a face apoiada na mão esquerda e o corpo encurvado, parecia estar mergulhada na leitura ou a escrever algo, mas nada havia sobre a mesa.

— Cheguei! — Chieko aproximou-se da mãe.

— Ah, que bom que voltou! Obrigada por ter ido — disse a mãe e, como se tivesse despertado, perguntou: — Como estava seu pai?

— Pois é... — Chieko procurava uma resposta. — Comprei tofu e levei para ele.

— De Morika? Papai deve ter gostado, não? Preparou o *yudôfu*...

Chieko assentiu.

— Como estava Arashiyama? — indagou a mãe.

---

14. Janela gradeada de alvenaria com sucessivos vãos verticais, típica das casas tradicionais de Kyoto, lembrando as seteiras dos castelos medievais.

— Muita gente...

— Seu pai acompanhou-a até lá?

— Não. A monja superiora tinha saído, por isso...

— Chieko então acrescentou: — Parece que papai está exercitando caligrafia.

— Caligrafia, é? — repetiu a mãe. Não havia surpresa em sua voz. — O exercício de caligrafia deve ser ótimo para acalmar os nervos. Eu também já passei por isso.

Chieko olhou furtivamente para o rosto branco e delicado da mãe. Não revelava nenhuma emoção que pudesse captar.

— Chieko... — A mãe chamou calmamente — não precisa se preocupar em assumir nossa loja no futuro, sabe?

— ...

— Se quiser se casar e sair de casa, não tem problema.

— ...

— Está me ouvindo bem?

— Por que diz isso?

— Não é fácil explicar em poucas palavras, mas a mamãe já está chegando aos cinquenta anos. Penso em muitas coisas.

— E se fecharem esse negócio de vez? — Os belos olhos de Chieko estavam rasos de lágrimas.

— A mocinha tem cada ideia! — A mãe sorriu quase imperceptivelmente.

— Fechar nosso negócio... Falou mesmo a sério?

Shige não elevara a voz, mas sua atitude havia se tornado mais séria. Talvez Chieko tivesse se enganado quando pensou que a mãe sorrira pouco antes.

— Falo, sim — respondeu Chieko, e sentiu uma dor perpassar seu coração.

— Não estou zangada. Não faça essa cara. Quem é jovem pode dizer coisas desse tipo e quem é velho tem de ouvi-las. Sabe muito bem quem se sente mais triste com isso, não?

— Perdoe-me, mamãe.

— Não há nada o que perdoar...

Desta vez a mãe sorria de verdade.

— Parece que estou sendo incoerente com o que lhe disse há pouco...

— Eu também — disse Chieko. — Às vezes, falo coisas sem pensar. Coisas que nem eu mesma entendo.

— O ser humano... Uma mulher, naturalmente, deve manter até onde for possível aquilo que alguma vez afirmou.

— Mamãe!

— Disse o mesmo a seu pai lá em Saga?

— Não. Para o papai, eu não...

— É? Diga a ele, então. Faça-me essa gentileza. Ele pode zangar-se porque é homem, mas, no fundo, ficará contente.

A mãe pressionou a fronte com a mão e continuou:

— Fiquei aqui sentada à mesa do papai, pensando nele.

— A senhora compreende tudo dele, não é?

— Compreender o quê?

Mãe e filha, por algum tempo, permaneceram em silêncio. Como se não conseguisse se manter assim, Chieko propôs:

— Acho que vou até Nishiki providenciar alguma coisa para o jantar.

— Obrigada, compre o que quiser.

Chieko levantou-se, atravessou a loja e desceu até a ala de chão batido. Antigamente, essa ala prolongava-se até a cozinha, nos fundos da casa. Na parede oposta à loja havia uma fileira de fornos pretos de barro, os *kudo*.

Obviamente, os *kudo* caíram em desuso; atrás deles foram colocados um fogão a gás e outras instalações modernas, e forraram o chão de tabuão de madeira. Antes, o chão era de argamassa, e quando atravessado pelo vento, o ambiente tornava-se ainda mais insuportável no inverno de Kyoto, gélido e severo.

No entanto, os fornos foram conservados (muitas casas de Kyoto ainda os conservam). Certamente, porque a crença no deus Koujin — o deus do fogo simbolizado por *okudo-san*[15] — estava enraizada. Atrás dos *kudo*, invariavelmente, ficava afixado o amuleto de proteção contra incêndios. Havia também a fileira de estatuetas de Hotei*. Deve-se comprar uma a cada ano, num total de sete, ao se visitar o santuário Inari, de Fushimi, na festa de Hatsuuma*. Se porventura acontecer de morrer alguém na casa, elas deverão ser renovadas desde o primeiro Hotei, uma por ano.

Na casa de Chieko, no altar dos deuses dos *kudo*, havia o conjunto completo de sete estatuetas de Hotei. Era uma família de apenas três membros, os pais e a filha, e nos últimos sete, dez anos, não ocorrera nenhuma morte na casa.

Em cada lado da fileira do altar dos deuses dos *kudo* havia um pequeno vaso de porcelana branca com flores; e a cada dois ou três dias a mãe trocava a água e o limpava cuidadosamente.

---

15. *Okudo-san*: o uso do prefixo *o* e o sufixo *san* é expressão de carinho e respeito no dialeto de Kyoto.

Mal tinha saído com a cesta de compras, Chieko avistou um jovem adentrar a casa pela porta gradeada. Devia ser do banco, pensou ela. Ele parecia não tê-la notado.

Era mesmo o jovem funcionário do banco que sempre vinha a serviço, portanto não deveria ser nada preocupante, conjecturou ela. Apesar disso, os passos de Chieko tornaram-se mais lentos. Aproximou-se das grades de madeira à frente da loja e nelas foi passando as pontas dos dedos enquanto caminhava.

Chegando ao fim delas, Chieko voltou o olhar para a loja e contemplou o alto da fachada.

Em frente a uma janela de estilo *mushiko* do andar superior, notou a velha placa com o nome do estabelecimento, protegida por um pequeno telhado. Era o símbolo de uma casa de longa tradição, mas também uma peça decorativa.

O sol declinante da primavera amena iluminava vagamente o velho letreiro dourado da placa, fazendo tudo parecer mais desolado. Na entrada da loja, a cortina grossa de algodão, esbranquiçada e gasta, expunha os fios grossos.

— Bem, a cerejeira do Heianjingu, dependendo do estado de espírito de quem a vê, também pode parecer bem triste — murmurou Chieko e apressou o passo.

Como sempre, o mercado de Nishiki estava bastante movimentado.

Na volta, já perto da loja do pai, Chieko avistou uma moça de Shirakawa*. Chamou-a.

— Passe lá em casa também, por favor.

— Sim, obrigada. Que bom estar de volta, senhorita. Uma sorte encontrá-la aqui... — disse a moça. — Para onde foi?

— Fui até Nishiki.

— Tão longe, não?

— Gostaria de comprar flores para os deuses...

— Obrigada por preferir sempre as minhas. Escolha a seu gosto, por favor.

O que havia chamado de flores eram na verdade *sakaki*.[16] *Sakaki* de folhas ainda verdes e tenras.

A vendedora de Shirakawa vinha trazê-las nos dias 1º e 15 de cada mês.

— Fico feliz que a senhorita esteja em casa hoje — disse a mulher.

Chieko também sentiu o coração revigorar enquanto escolhia pequenos ramos de *sakaki* com folhas novas. Chieko os trazia nas mãos quando chegou em casa.

— Mamãe, cheguei! — anunciou ela. Sua voz estava alegre.

Chieko voltou a entreabrir a porta e olhou para a rua. A vendedora de flores de Shirakawa ainda estava lá.

— Entre e descanse um pouco. Já vou preparar o chá — chamou-a.

— Oh, obrigada. É sempre muito gentil — assentiu a moça. Carregando na cabeça o maço de plantas do campo, passou à ala de chão batido. — Não são nada especiais, mas...

— Obrigada. Adoro essas plantas campestres, que bom que se lembrou... — Chieko contemplou as flores silvestres.

Logo à entrada da ala dos fundos, diante dos *kudo*, havia um velho poço coberto com uma tampa de bambu trançado. Chieko depositou as flores e os ramos de *sakaki* sobre ela.

---

16. Arbusto da família das camélias, considerado sagrado no xintoísmo e usado nos altares e nas cerimônias.

— Vou buscar uma tesoura. Ah, preciso lavar as folhas de *sakaki*...

— A tesoura eu tenho aqui. — A moça de Shirakawa fez tac-tac com ela na mão. — Os *okudo-san* de sua casa estão sempre bem cuidados, o que nos dá um grande prazer, a nós vendedoras de flores.

— É porque mamãe é bastante asseada...

— A senhorita também.

— ...

— Ultimamente, encontramos muitas casas em que os *okudo-san*, os vasos, as flores e os poços estão sujos, cheios de pó acumulado. Isso nos deixa desgostosas de vender as flores. Quando venho à sua casa, fico tão aliviada; e sinto-me feliz.

— ...

Chieko não conseguia dizer à moça de Shirakawa que os negócios da loja, questão mais importante, estavam em franco declínio.

A mãe continuava sentada à mesa do pai.

Chieko chamou-a para a cozinha e mostrou o que tinha comprado no mercado. Ao observar o que a filha retirava da cesta e ia colocando na mesa, pôde notar o quão econômica ela havia se tornado. Seria devido à ausência do pai, que havia partido para o mosteiro de Saga?

— Deixe-me ajudá-la. — A mãe veio à cozinha. — Quem estava há pouco com você era a florista de sempre?

— Era.

— Lá no mosteiro de Saga, chegou a ver aqueles livros de pintura que deu ao seu pai? — perguntou a mãe.

— Bem, não reparei se estavam...

— Ele fez questão de levá-los, sabe?

Era uma coleção de gravuras de artistas como Paul Klee, Matisse, Chagall e, inclusive, de pintores abstratos mais recentes. Chieko a havia comprado para o pai, pensando que talvez lhe trouxesse inspiração.

— Numa casa como a nossa não tem por que, não há necessidade de seu pai desenhar estampas para quimono. Bastaria ele examinar os tingimentos feitos por outras casas e vender os tecidos. Mas seu pai, como sabe... — disse a mãe.

— Por falar nisso, Chieko, é muito gentil de sua parte vestir sempre os quimonos desenhados por ele. Precisava mesmo lhe agradecer — continuou ela.

— Agradecer por quê? Uso porque gosto.

— Será que seu pai não se entristece ao ver os quimonos e os obis de sua filha?

— Mamãe! Eles parecem discretos, mas, olhando bem, têm sabor, sabe? Há pessoas que os elogiam.

Chieko lembrou-se de que naquele dia tinha mantido o mesmo tipo de conversa com o pai.

— Uma mocinha bonita pode ficar muito bem em quimonos discretos, mas... — começou a dizer a mãe, retirando a tampa da panela e experimentando o cozido com os hashis — fico me perguntando por que razão seu pai não consegue mais criar aqueles desenhos vistosos, coisas da moda...

— ...

— Antigamente, ele costumava desenhar umas figuras muito chamativas, coisas muito originais, sabe?

Chieko assentiu, mas em seguida observou:

— A senhora também está usando um quimono do papai!

— É porque já sou velha...
— A senhora diz "velha, velha", mas quantos anos fez?
— Uma velha... — volveu a mãe, apenas.
— E quanto àquele senhor Komiya, que recebeu a nomeação de Patrimônio Cultural Vivo? Quando as mulheres jovens usam suas estampas de *Edo-komon*[17] ficam muito bonitas e chamam a atenção. As pessoas que deparam com elas até se viram para admirá-las.
— Seu pai não pode ser comparado a um artista importante como o mestre Komiya.
— Mas a inspiração do papai... A inspiração dele vem da profundidade das ondas espirituais...
— Que coisas complicadas você diz. — A mãe volveu a face branca, típica da mulher de Kyoto. — Por falar nisso, Chieko, papai pensa em desenhar para o seu casamento alguma coisa extremamente festiva, algo deslumbrante... Há muito tempo que eu também espero por isso...
— Meu casamento?
O semblante de Chieko ficou um pouco nublado, e ela calou-se por algum tempo.
— Mamãe, em toda sua vida, quantas vezes fez algo que causasse uma reviravolta no seu coração?
— Já lhe falei sobre isso antes. Quando me casei com seu pai; depois, quando juntos raptamos o lindo bebê, que era você, Chieko, e fugimos de carro. Já faz vinte anos, mas mesmo agora, quando penso nisso, meu coração bate forte. Ponha a mão e sentirá.
— Mamãe, eu fui abandonada, não fui?

---

17. Técnica de tingimento desenvolvido em Edo (atual Tóquio). Motivos miúdos cobrem inteiramente o tecido.

— Não! Não é verdade! — A mãe meneou a cabeça com uma violência que não lhe era habitual. — Na vida, a pessoa comete ao menos uma ou duas vezes atos tremendamente chocantes — continuou ela. — Raptar um bebê é muito pior do que roubar dinheiro, ou roubar qualquer coisa; uma falta bem mais grave, não? Talvez seja pior do que um assassinato.

— ...

— Os pais devem ter ficado desesperados a ponto de enlouquecer. Quando penso nisso, tenho vontade de devolvê-la, mesmo agora. Mas não podemos mais. Se viesse a encontrar seus pais verdadeiros e desejasse ir embora, não haveria como impedi-la... Mas, então, nesse caso, esta mamãe aqui seria bem capaz de morrer de desgosto.

— Não diga mais essas coisas, por favor... Mãe, eu só tenho uma, e é a senhora. Eu cresci acreditando nisso...

— Eu sei. Por isso mesmo, nossa falta é ainda maior... Sei que acabaremos no inferno, e estamos preparados para isso. Mas o inferno não é nada! Nem por isso abriríamos mão de nossa filha tão querida nesta vida!

Ao olhar a mãe que falava com veemência, notou que as lágrimas escorriam-lhe pela face. Os olhos de Chieko também se encheram de água.

— Mamãe! Diga a verdade, por favor. Eu fui abandonada quando bebê, não é mesmo?

— Não! Já lhe disse que não! — A mãe meneou a cabeça mais uma vez. — Por que insiste em acreditar nessa história de criança abandonada?

— Não posso acreditar que o papai e a senhora roubaram uma criança.

— Acabei de dizer que o ser humano comete certas coisas terríveis, de revirar o coração, pelo menos uma ou duas vezes na vida!

— Nesse caso então, onde me acharam?

— Em Gion, numa noite de cerejeiras em flor — respondeu a mãe prontamente. — Acho que já lhe contei antes. Você estava deitada num banco, debaixo de um dos pés floridos. Um bebê tão gracioso que olhava para nós e ria, lindo como uma flor. Não pude resistir e a peguei no colo. Quando a segurei em meus braços, senti um aperto no coração e não aguentei mais. Encostei meu rosto no do bebê e olhei para seu pai. "Shige, vamos roubá-lo e fugir?" "Como?" "Shige, vamos fugir! Fugir logo!" Depois disso, foi uma loucura. Acho que foi em Hiranoya, perto do restaurante Imobou, que tomamos um táxi às pressas.

— ...

— A mãe da criança deve ter se afastado por um instante, foi num momento de descuido.

A história de sua mãe parecia coerente.

— Destino... Desde então, passou a ser nossa filha, e já se passaram vinte anos, não? Não sei se foi bom ou ruim para você. Mesmo que tenha sido bom, sempre junto as mãos para orar e peço perdão dentro do meu coração. Creio que aconteça o mesmo com seu pai.

— Foi bom, mamãe. Tenho certeza — dizendo isso, Chieko cobriu os olhos com as mãos.

Acolhida ou raptada, a criança constava no registro civil como filha legítima do casal Sada.

Quando Chieko ouvira de seu pai e sua mãe, pela primeira vez, que não era a filha verdadeira deles, não compreendeu muito bem o que isso significava. Na época, tinha recém-ingressado no curso ginasial e pensara que eles lhe disseram aquilo por ter feito alguma coisa que não lhes agradara.

Mas, sem dúvida, decidiram revelar-lhe a verdade, temerosos de que soubesse do fato através dos vizinhos. Seria possível que tivessem agido assim certos do amor que ela lhes demonstrava, e achando que já teria chegado à idade de compreender os problemas da vida?

Chieko, claro, ficara chocada, mas não muito triste. Nem mesmo nos anos delicados da adolescência o fato lhe causara angústias significativas. O amor e o carinho que nutria por Takichiro e Shige não se alteraram, tampouco foi necessário esforçar-se para ignorar o fato. Isso, de certa forma, se devia ao temperamento dela.

Contudo, se não era a filha verdadeira, os pais verdadeiros deviam existir em algum lugar. Poderia até ter irmãos.

Não tinha vontade de conhecê-los, mas... Certamente, estariam numa situação mais difícil do que a dela. Era o que pensava Chieko.

Não conseguia no entanto ter uma ideia clara a respeito. Sentia no coração muito mais vivamente as tristezas do pai e da mãe adotivos, no interior profundo daquela loja, atrás das velhas portas gradeadas de madeira.

Fora por isso que, na cozinha, Chieko tinha coberto os olhos com a palma da mão.

— Chieko — a mãe pousou a mão no ombro da filha e sacudiu-a. — Não me pergunte mais nada do passado, por favor! Neste mundo, nunca sabemos onde e quando encontraremos uma joia caída do céu.

— Joia! Que joia horrível, não? Seria muito bom se tivesse sido a joia de um anel a adornar seu dedo... — Dito isso, Chieko começou trabalhar com ar decidido.

Depois do jantar, terminada a arrumação, mãe e filha encaminharam-se ao andar superior da ala dos fundos.

Os cômodos da parte anterior do segundo andar, atrás das janelas *mushiko*, eram rústicos e de teto baixo, usados para alojar os jovens funcionários aprendizes. Podia-se acessar a ala dos fundos pela escada situada no corredor ao lado do jardim interno, e também subindo diretamente pela loja. Antigamente, os clientes especiais da casa eram recepcionados na sala de visitas desse segundo piso e, às vezes, pernoitavam ali. Agora, porém, atendia-se a maioria dos clientes na sala aberta para o jardim interno apenas para tratar dos negócios. Chamavam-na de "sala", mas na realidade era uma continuação da loja, com os rolos de tecidos que não cabiam nos estrados, empilhados junto às duas paredes. Era uma peça ampla e comprida, conveniente para desenrolar e mostrar os tecidos. Durante todo o ano mantinha-se a esteira de vime estendida sobre os tatames.

O andar superior da ala dos fundos tinha o teto bem mais alto, mas era composto apenas de dois aposentos de seis tatames, destinados aos pais e a Chieko, servindo ora como sala de estar, ora como quarto. Sentada em frente ao espelho, Chieko desmanchou os cabelos presos num coque. Eram surpreendentemente compridos.

— Mamãe — Chieko chamou-a do outro lado do *fusuma*.[18] Sua voz encerrava diversos sentimentos que se acumulavam em seu coração.

---

18. Portas de correr forradas de papel resistente que servem para separar os aposentos.

A cidade dos quimonos

Apesar de Kyoto ser uma grande cidade, a coloração das folhas de suas árvores era extraordinariamente bela.

Ainda que se ignorasse os bosques da Vila Imperial Shugakuin, bem como os pinheiros do Palácio Imperial Gosho, ou as árvores de imensos jardins dos templos antigos, chamavam a atenção do visitante os salgueiros da rua Kiyamachi e os das margens do rio Takasegawa, em pleno centro da cidade, assim como as alamedas nas ruas Gojo e Horikawa. Eram todos autênticos salgueiros de ramos pendentes. Ramos verdes, indizivelmente delicados, que vergavam até quase tocar o solo. Também eram belos os pinheiros vermelhos das montanhas de Kitayama que se estendiam ao longo de suaves ondulações.

E, antes de tudo, era primavera. Viam-se também as nuanças de cores das folhas tenras das montanhas de Higashiyama, ao leste. Nos dias de céu limpo, podia-se avistar ao longe o cintilar da vegetação jovem do monte Eizan.[19]

A beleza das árvores era sem dúvida proporcionada pela beleza da cidade, pelos cuidados com a limpeza em todos os recantos. No bairro de Gion, até mesmo as ruelas mais recolhidas, onde há muitas casas antigas, pequenas e mal iluminadas, são asseadas.

---

19. Forma simplificada para o monte Hieizan.

O mesmo pode ser dito de Nishijin, bairro conhecido por seus quimonos. Nas imediações, onde se espremem minúsculas lojas que só de olhar causam pena, as ruas são relativamente limpas. Mesmo as pequenas grades de madeira nunca estão empoeiradas. Assim também é no Jardim Botânico, onde não se veem papéis espalhados no chão.

O exército de ocupação norte-americano havia construído ali casas para seus militares e, naturalmente, a entrada fora proibida aos japoneses. Mas, desde a retirada das tropas, o Jardim Botânico voltara a ser como antes.

Sousuke Otomo, que morava em Nishijin, apreciava uma certa alameda do Jardim Botânico ladeada de canforeiras. Não era um caminho extenso, nem os pés de cânfora chegavam a ser gigantescos, mas ele costumava passear por ali com frequência. Também ia na época da germinação dos brotos novos...

Como estariam aquelas canforeiras?, pensava ele entre o ruído dos teares. Era impossível que o exército de ocupação as tivesse derrubado.

Sousuke esperava ansiosamente a liberação do local para visitação pública.

Ao deixar o jardim, costumava subir as margens do rio Kamogawa. Podia então apreciar a vista montanhosa de Kitayama. Em geral, ia sozinho.

O Jardim Botânico e o rio Kamogawa, apesar de parecerem distantes, estavam apenas a uma caminhada de uma hora para ele. Sentia saudades daqueles passeios. Sousuke encontrava-se mergulhado naquelas recordações quando a esposa o chamou.

— Telefone do senhor Sada, parece que está em Saga.

— Senhor Sada? Ligando de Saga? — Sousuke encaminhou-se ao escritório.

O tecelão Sousuke era quatro ou cinco anos mais novo que o atacadista, Takichiro Sada, mas mantinham uma amizade que ultrapassava os limites dos negócios. Na juventude foram amigos de farra. No entanto, ultimamente, estavam um pouco distanciados.

— Sou eu, Otomo. Faz algum tempo que... — disse Sousuke no telefone.

— Ah, Otomo! — A voz de Takichiro estava animada, o que não era habitual.

— Está em Saga? — indagou Sousuke.

— Sim, recolhido em segredo num mosteiro de monjas que fica num local escondido.

— Isso cheira a algum mistério, senhor — comentou Sousuke, usando uma linguagem propositadamente respeitosa. — Há cada mosteiro de monjas...

— Não é nada disso, apenas um mosteiro onde mora uma única monja já bem idosa.

— Ah, isso é ótimo! Uma monja idosa e solitária... É bem possível que esteja aí com alguma garota.

— Que bobagem! — Takichiro riu. — Eu tenho algo a lhe pedir, por isso telefonei.

— Sim, pois não.

— Eu poderia ir até aí ainda hoje?

— Claro que sim! — estranhou Sousuke. — Não posso mesmo sair daqui. Está ouvindo o barulho dos teares?

— Na verdade, é sobre isso que quero lhe falar. Que ruído saudoso!

— O que está dizendo? Calcula o que aconteceria se esse barulho parasse? Não é a mesma coisa que o mosteiro escondido, como sabe.

Menos de meia hora depois, Takichiro Sada chegou de táxi à loja de Sousuke. Seus olhos tinham um brilho intenso. Imediatamente abriu o *furoshiki*.[20]

— Queria lhe pedir isto... — E estendeu um desenho.

— Hum? — Sousuke encarou Takichiro. — É um obi, não? Para uma criação sua, é muito moderno, bem vistoso. Ah, sim! É para aquela pessoa escondida no mosteiro?

— Ainda isso? — E Takichiro riu. — É para minha filha.

— Mesmo? Quando a senhorita vir isto, não cairá sentada, assustada? Acha que ela usaria uma coisa dessas?

— O fato é que foi a própria Chieko quem me deu uns volumes bem grossos de gravuras de Klee.

— Klee? Quem é ele?

— Um precursor da pintura abstrata, me parece. Eu diria que suas obras são delicadas, nobres, remetem ao mundo dos sonhos, e têm algo em comum com o coração de um velho japonês como eu. Estive admirando suas obras no mosteiro e acabei criando isto. Completamente diferente dos motivos dos antigos tecidos japoneses, não?

— Realmente.

— Gostaria de ver como ficaria, então o trouxe a fim de que tecesse para mim — explicou Takichiro, ainda excitado.

Por algum tempo, Sousuke se pôs a analisar o desenho de Takichiro.

---

20. Pano quadrado de seda ou de algodão, usado para embrulhar e carregar objetos.

— Sim, sim. Está ótimo. A harmonia das cores também... Excelente! Nunca fez nada tão moderno, contudo tão discreto. Será difícil tecê-lo, mas tentarei de todo coração. O desenho deve ser fruto do afeto de sua filha para com o pai e o carinho do pai para com ela.

— Eu lhe agradeço. Ultimamente só se usam termos como *idea* e *sense*. Até as cores seguem o padrão ocidental.

— Mas não são de grande qualidade, concorda?

— Eu, acredite, detesto as cores que levam nomes ocidentais. Não temos no Japão, desde as eras imperiais*, inúmeras cores delicadas e elegantes, difíceis de se definir em palavras?

— Sim, mesmo um preto tem muitos tons diferentes... — concordou Sousuke, e continuou: — No entanto, hoje mesmo estava pensando comigo que haja, entre os fabricantes de obis, uma casa como a Izukura. Passou a funcionar num edifício ocidental de quatro andares, tornando-se uma indústria moderna. O nosso Nishijin também vem se transformando. Consegue-se produzir quinhentos obis por dia, e dentro de pouco tempo os funcionários começarão a participar da administração das casas, sendo que a média da idade deles não chega aos trinta anos, segundo ouvi dizer. Não acha que uma casa como a minha, com teares manuais de dimensão familiar, está condenada a desaparecer em duas ou três décadas?

— Não diga bobagem...

— Se conseguir sobreviver, acabarei me tornando um "patrimônio cultural vivo".

— ...

— Até um artista como o senhor Sada seguindo esse tal de Klee!

— Eu mencionei Paul Klee, de fato. Mas estando recluso num mosteiro, refleti dia e noite por mais de dez dias, mais de uma quinzena. Acha que as cores e o padrão desse obi não estão bem amadurecidos? — indagou Takichiro.

— Perfeitamente, estão bem maduros. São de uma elegância tradicional — apressou-se Sousuke em dizer, acrescentando: — Nota-se que só pode ser uma criação de Sada. Tratarei de fazer um belo obi. Também vou encomendar a costura para uma casa de confiança de modo a garantir um trabalho esmerado. Ah, sim! Confiarei a tecedura a Hideo, ele é melhor do que eu. É o meu filho mais velho, o conhece, não?

— Sim.

— Pois então, Hideo consegue uma textura mais firme... — complementou Sousuke.

— Bem, deixo por sua conta. Minha loja é de atacado, mas tudo o que fazemos é mandar mercadorias para o interior.

— Que é que está dizendo?

— Esse obi não é de verão, seria de outono, talvez? Mesmo assim, gostaria de vê-lo logo.

— Sim, compreendo. E o quimono para vestir com ele?

— Pensei primeiro no obi...

— Já que é atacadista, tem condições de selecionar os melhores tecidos para quimonos. Bem, isso não vem ao caso, mas... Está preparando o enxoval de sua filha?

— Não, não! — Takichiro ruborizou de leve como se o assunto fosse seu próprio matrimônio.

Dizem que as tecelagens manuais de Nishijin dificilmente conseguirão sobreviver por mais de três gerações. Isso porque constituem uma espécie de trabalho artesanal. Mesmo que o pai seja um excelente tecelão, ou seja, tenha habilidade de artista, não há garantia de que consiga transmitir sua arte para o filho. Ainda que este, em vez de viver no ócio graças à proteção artística do pai, se dedicasse seriamente ao trabalho.

No entanto, há casos como o que se segue. O de uma criança que quando chega aos quatro ou cinco anos é iniciada no trabalho de fiação, e aos dez ou doze, passa a receber treinamento para se tornar aprendiz de tecelão, sendo capaz, com o tempo, de executar os trabalhos avulsos supervisionados. Ter numerosos filhos, então, pode resultar em um aumento de rendimento e prosperidade da casa. Da fiação, até mesmo a anciã de sessenta ou setenta anos pode ocupar-se. Há casas em que trabalham, frente a frente, a avó e sua netinha.

Na casa de Sousuke Otomo, a idosa esposa trabalhava sozinha, fiando linhas para os obis. Passava o tempo todo sentada, a cabeça inclinada. Parecia mais velha do que de fato era, vindo a se tornar uma mulher taciturna.

O casal tinha três filhos. Cada um deles trabalhava tecendo os obis num tear alto.[21] Possuir três desses artefatos era sinônimo de uma casa de boas condições. Entretanto, havia estabelecimentos com apenas um, e outros que tinham de alugá-los.

Como Sousuke havia afirmado, Hideo, o mais velho dos filhos, era conhecido no meio de fábricas têxteis e atacadistas pela excelência de sua técnica, que ultrapassava a do pai.

---

21. No original, *takahata*: tear manual mais alto que o comum. O tecelão se senta num banco e pisa um pedal para movimentá-lo; permite trabalhos mais complexos.

— Hideo! Hideo! — chamou-o Sousuke, mas ele parecia não ouvi-lo. Diferentemente dos teares mecânicos, os três manuais, feitos de madeira, não produziam muito ruído. Além disso, Sousuke pensou tê-lo chamado bem alto. No entanto, o tear de Hideo estava mais ao fundo da oficina, de frente para quintal, e quem sabe por estar absorto na tecedura de um obi em formato tubular, um dos mais difíceis, não ouvira o chamado do pai.

— Mãe, vá chamar Hideo — pediu Sousuke à sua esposa.

— Pois não. — Ela limpou o pó de seu colo e desceu à ala de chão batido. Enquanto se dirigia ao tear de Hideo, batia nas ancas com os punhos fechados.

Hideo soltou a mão com que segurava o pente do tear e olhou em direção ao pai, mas não se levantou de imediato. Talvez estivesse cansado, mas, ciente de que havia visita, hesitava em se espreguiçar. Aproximou-se depois de enxugar o rosto.

— A que, então, devemos a honra de sua visita a um lugar tão modesto quanto o nosso, senhor Sada? — cumprimentou Hideo com o semblante fechado. Parecia que a preocupação do trabalho remanescia em seu rosto e corpo.

— O senhor Sada desenhou um obi, e quer que o teçamos — disse o pai.

— Ah, sim? — a voz de Hideo continuava sem dar mostras de interesse.

— Trata-se de um obi precioso. Achei melhor ser você a encarregar-se desse trabalho.

— É um obi especial para a senhorita Chieko? — Pela primeira vez, a face branca de Hideo se voltou para Sada.

— Hideo está um tanto cansado por estar trabalhando desde a manhã... — Sousuke tentava se desculpar pelo modo pouco receptivo do filho, raro a uma pessoa de Kyoto.

Hideo continuava calado.

— A concentração é essencial para se executar um bom trabalho... — disse Takichiro, à guisa de consolação.

— É um obi tubular sem importância, mas minha mente ainda está presa a ele. Espero que o senhor compreenda — desculpou-se Hideo, apenas com uma inclinação de cabeça.

— Está certo! Um artesão tem de ser assim — disse Takichiro, acenando a cabeça duas vezes.

— Mesmo tratando-se de um trabalho sem graça, quem o vir depois saberá que foi feito por nós. E isso por si só já é motivo de grande pressão. — Hideo baixou o olhar.

— Hideo — o pai falou num tom grave. — Esse, do senhor Sada, é bem diferente. Ele passou dias recolhido num mosteiro de monjas em Saga até conceber seu desenho. Não é para venda!

— É mesmo? Em um mosteiro de Saga?

— Peça permissão para apreciar a excelência da obra.

— Sim, por favor.

Impressionado pela força de caráter de Hideo, Takichiro já tinha perdido o entusiasmo de antes, quando invadira a oficina de Otomo.

Estendeu o desenho diante de Hideo.

— ...

— Não está bom? — perguntou Takichiro, fraquejando.

— ...

Hideo permaneceu calado, analisando o desenho.

— E então, vai prestar?

— ...

Não suportando o silêncio teimoso do filho, Sousuke interveio.

— Hideo, responda alguma coisa. Está sendo grosseiro com o senhor Sada.

— Sim, senhor — disse o filho, ainda sem levantar o rosto. — Também sou um artesão, por isso estou apreciando a obra do senhor Sada. Não é um trabalho qualquer, trata-se de um obi para a senhorita Chieko, não é?

— Isso mesmo — assentiu o pai com um gesto de cabeça. Ele ainda estava perplexo com a atitude de Hideo, algo diferente do que de costume.

— Pelo visto não vai prestar. — A voz de Takichiro, sem querer, ganhou uma inflexão áspera.

— Está ótimo — respondeu Hideo calmamente. — Em nenhum momento eu disse que não prestava.

— Mesmo que não dissesse, no seu coração... Seus olhos estão dizendo!

— O senhor acha?

— Que arrogante! — E, levantando-se, Takichiro esbofeteou Hideo, que nem tentou se esquivar.

— Pode me bater o quanto quiser. Não achei, nem por sonho, que seu desenho fosse desinteressante. Nada disso.

Talvez por causa da bofetada, o rosto de Hideo tivesse adquirido uma vitalidade que antes não tinha.

Hideo, então, inclinou-se sobre o tatame e pediu desculpas. Nem tentou tocar na face que ficara vermelha.

— Peço-lhe perdão, senhor Sada.

— ...

— Sei que o senhor está aborrecido comigo, mas peço-lhe que me permita tecer esse obi.

— Está bem assim. Vim exatamente pedir esse favor. — Takichiro tentava se acalmar. — Quem deve pedir desculpas sou eu. Estou ficando velho e, realmente, não presto para mais nada. Agora é a minha mão que está doendo...

— Poderia ter-lhe emprestado a minha. As mãos de operário têm couro grosso.

Os dois riram.

No entanto, Takichiro não conseguia se livrar do constrangimento de ter agredido Hideo.

— Há anos eu não batia em alguém. Nem me lembro mais... — comentou. — Por favor, peço que aceite minhas desculpas; mas, me diga, por que fez aquela expressão tão esquisita ao olhar meu desenho? Responda com franqueza.

— Pois é... — O semblante de Hideo voltou a nublar-se. — Sou jovem ainda e sendo apenas artesão, não entendo bem as coisas. O senhor disse que o desenhou recolhido num mosteiro de monjas em Saga?

— Sim. Ainda hoje retorno para lá. Ficarei no mosteiro por mais uma quinzena, talvez.

— Não faça isso! — A voz de Hideo soou forte. — Volte para casa, por favor!

— Não há sossego em casa.

— Quanto a este desenho, fiquei surpreso por ser tão vivo, vistoso e incrivelmente moderno! Cheguei a me perguntar por que o senhor teria feito algo assim. Por isso, observava-o tão demoradamente e, então...

— ...

— À primeira vista é estonteante, interessante, mas lhe falta a ternura que vem da harmonia interna. Não sei como dizer, parece árido e doentio.

Takichiro empalideceu, seus lábios tremiam. Não conseguia pronunciar uma palavra.

— Por mais desolado que seja o mosteiro, não creio que o senhor tenha sido possuído por uma raposa ou um texugo...[22]

— Hum! — Takichiro puxou o desenho para junto de seus joelhos e analisou-o com grande atenção.

— Ah, me disse algo muito importante! Tão jovem e já tão sábio. Obrigado. Pensarei melhor, e tentarei fazer um novo desenho! — Apressadamente, Takichiro enrolou-o e enfiou na abertura do peito de seu quimono.

— Não, senhor! Este é belo e, além disso, depois de tecido lhe dará outra impressão. As tonalidades se alteram da tinta no papel para os fios tingidos...

— Obrigado. Teceria então o meu esboço, acalentando-o com as cores do amor à minha filha? — Ao dizer tais palavras, Takichiro despediu-se rapidamente e saiu pelo portão.

Logo em frente havia um pequeno riacho, um córrego típico de Kyoto. Às suas margens, ervas inclinavam-se em direção à correnteza, bem ao estilo clássico. Seriam aquelas paredes brancas, ali na beira, as da casa dos Otomo?

Takichiro rasgou em pequenos pedaços o esboço do obi que colocara dentro do quimono e os atirou ao córrego.

Shige se sentiu confusa ao receber o inesperado telefonema de Saga. Era Takichiro convidando-a para ir com a

---

22. Na crença popular japonesa, raposas e texugos têm poderes sobrenaturais, conseguindo enganar ou possuir as pessoas.

filha apreciar as cerejeiras de Omuro. Havia muito não ia a um *hanami*[23] em companhia do marido, nem se lembrava mais quanto tempo fazia.

Como se buscasse ajuda, Shige chamou a filha:

— Chieko, Chieko, telefonema do papai! Atenda...

Chieko tomou o fone e, pousando a mão no ombro da mãe, escutou.

— Sim, levarei a mamãe. Espere-nos na casa de chá defronte ao templo Nin'naji, por favor. Está bem, então, o mais cedo possível...

Ao repor o fone no gancho, Chieko olhou para a mãe e riu.

— Mamãe, era apenas um convite para um *hanami*, a senhora tem cada uma!

— Por que ele convidou até a mim?

— Ele disse que as cerejeiras de Omuro estão agora em plena floração...

Chieko apressou a mãe hesitante, e saíram da loja. Shige parecia estar ainda incrédula.

As cerejeiras de Omuro, da variedade ariake com as pétalas dobradas, eram tardias comparadas às outras encontradas na cidade de Kyoto. Talvez indicassem a despedida das floradas daquela primavera.

À esquerda, depois do portal do templo Nin'naji, o bosque das cerejeiras (ou campo das cerejeiras)[24] transbordava de viçosas flores.

---

23. Literalmente, apreciação de flores. Em geral, é usado em referência à floração das cerejeiras.
24. As cerejeiras de Omuro não se desenvolvem em altura; dividem-se em ramos desde o chão. Daí a dúvida do autor em designar o local de "bosque" ou "campo".

— Uau! Que horror! — Esse foi, no entanto, o comentário de Takichiro.

Nos caminhos entre as cerejeiras do bosque havia tablados dispostos, e as pessoas promoviam festanças de bebedeira e cantoria. Era uma desordem total. Velhotas interioranas dançavam alegremente, e bêbados roncavam alto, alguns deles chegando a rolar e cair do banco em que se deitaram.

— A que estado isso chegou! — lamentou Takichiro, que permaneceu ali parado, observando. Os três não adentraram o bosque florido. Aliás, após tantos anos, conheciam muito bem as cerejeiras de Omuro.

Entre as árvores mais adiante, elevava-se uma fumaça. Era a queima do lixo dos visitantes.

— Vamos nos refugiar em algum lugar mais sossegado, está bem, Shige? — propôs Takichiro.

Iam deixando o lugar quando avistaram, no lado oposto do bosque das cerejeiras, seis ou sete mulheres coreanas vestidas com roupas típicas. Batendo tambores, elas dançavam no tablado colocado sob os pinheiros altos. Havia naqueles gestos uma graça bem mais elegante. Entre o verde dos pinheiros, entreviam-se as cerejeiras silvestres.

Chieko deteve os passos e pôs-se a observar a dança coreana.

— Papai, prefiro um lugar mais sossegado. O que acha do Jardim Botânico?

— É uma boa ideia. Quanto às cerejeiras, basta dar uma olhada e está cumprido nosso dever de primavera — concordou Takichiro, que se dirigiu ao portal para chamar um táxi.

O Jardim Botânico havia sido reaberto em abril. Foram reiniciados os serviços de bondes que saíam com frequência da estação central de Kyoto rumo ao local.

— Se tiver gente demais no Jardim Botânico, podemos dar uma caminhada pela margem do rio Kamogawa — disse Takichiro para Shige.

O automóvel seguia pela cidade de tenros verdes. As folhas novas ganhavam maior viço quando próximas das antigas casas ensombrecidas pelo tempo, mais ainda do que entre as casas recém-construídas.

O Jardim Botânico estendia-se amplo e claro desde a alameda defronte ao portão. À esquerda, estava o dique do rio Kamogawa.

Shige guardou os ingressos sob o obi. Diante do panorama que se descortinava, sentiu seu peito se dilatar. Do bairro dos atacadistas, só se conseguia ver trechos insignificantes das montanhas. E Shige raramente saía até a rua.

Na ampla entrada do Jardim Botânico, as tulipas floresciam em torno do chafariz, defronte ao prédio central.

— Uma vista bem diferente do que se vê em Kyoto. Agora entendo por que os americanos construíram aqui suas casas — observou Shige.

— Mas eles o fizeram mais para dentro — retrucou Takichiro.

Ao aproximarem-se do chafariz, notaram que, mesmo sem brisa, as minúsculas partículas de água se espalhavam. À esquerda, além do chafariz, havia uma grande estufa com estrutura de ferro, coberta de vidro até o teto. Os três apenas espiaram as plantas tropicais através da vidraça e não entraram.

Era um passeio de poucas horas. À direita do caminho, alguns cedros-do-himalaia tinham brotos novos. Os galhos inferiores se estendiam até tocar o chão. O suave tom verde dos brotos era muito distante da imagem suscitada por um conífero. Suas folhas não eram caducas como as do lariço, mas, se assim o fossem, seu brotar seria algo como um sonho.

— O filho de Otomo me surpreendeu! — disse Takichiro abruptamente. — Seu trabalho é bem superior ao do pai e, além disso, é dotado de um olhar aguçado, consegue ver até o fundo da alma!

Era um monólogo de Takichiro, e naturalmente Shige e Chieko não sabiam do que ele falava.

— O senhor se encontrou com Hideo? — indagou Chieko.

— Dizem que é excelente tecelão — conseguiu dizer Shige. Takichiro não apreciava que lhe perguntassem detalhes.

Seguiram pelo caminho à direita do chafariz; no final, se dobrassem à esquerda, dariam no parque infantil. Ouviam-se muitas vozes e havia pequenas bagagens amontoadas no gramado.

Os três viraram à direita, acompanhando a sombra das árvores. De repente, depararam com o campo das tulipas. Estava tão magnificamente florido que Chieko não pôde conter um grito de exclamação. Vermelhas, amarelas, brancas, roxas — estas, tão escuras, assemelhavam-se à camélia-negra. Todas elas eram graúdas a ponto de cobrir seus canteiros.

— Hum. Isso explica a razão de usarem tulipas nos novos quimonos. Eu pensava ser uma bobagem, mas... — suspirou Takichiro.

Se os ramos inferiores do cedro-do-himalaia, com seus novos brotos, se assemelhavam à cauda aberta de um pavão, com o que comparar aquelas tulipas coloridas tão exuberantes?, indagava-se Takichiro, contemplando-as. A coloração das flores parecia tingir o ar e até infiltrar-se no seu corpo.

Shige mantinha-se um pouco distante do marido, procurando ficar junto de Chieko. A filha achou graça naquilo, mas não o demonstrou.

— Mamãe, aquelas pessoas que estão diante do canteiro das tulipas brancas não parecem estar num *miai*?[25] — sussurrou Chieko.

— Realmente, deve ser isso.

— Não olhe para eles, mamãe! — A filha puxou a manga da mãe.

Defronte ao campo de tulipas havia uma fonte em cujo lago nadavam carpas coloridas.

Takichiro tinha se levantado do banco e caminhava bem rente às flores, examinando-as. Inclinava-se e olhava dentro dos cálices das tulipas.

— As flores ocidentais são muito vistosas, mas logo me cansam. Ainda prefiro os bosques de bambu — disse ele, ao retornar para junto da mulher.

Shige e Chieko também se levantaram.

O campo das tulipas ficava num terreno baixo circundado de árvores.

— Chieko, o que acha: este Jardim Botânico tem o estilo dos jardins europeus? — perguntou o pai.

---

25. Cerimônia social no qual um homem e uma mulher são apresentados com a finalidade de firmarem compromisso de casamento.

— Bem, não sei ao certo, mas pode ser — respondeu Chieko, acrescentando: — O senhor poderia fazer a gentileza de se demorar um pouco mais em consideração à mamãe?

Resignado, Takichiro retomou o passeio entre as flores quando, então, ouviu alguém chamá-lo.

— Senhor Sada? É mesmo o senhor!

— Ah, senhor Otomo, e está com Hideo também! — exclamou Takichiro. — Que surpresa encontrá-los por aqui...

— Pois a surpresa é minha. — Sousuke fez uma profunda reverência. — Gosto muito desta alameda de canforeiras; aguardei ansiosamente a reabertura do jardim. Aqueles pés de cânfora não devem ter mais que cinquenta ou sessenta anos, vim caminhando bem devagar entre eles... — Sousuke inclinou-se mais uma vez e disse: — No outro dia, meu filho lhe disse coisas que não devia...

— Partindo de um jovem não tem importância.

— Veio de Saga?

— Sim, de Saga, mas Shige e Chieko vieram de casa...

Sousuke se aproximou das duas e as cumprimentou.

— Hideo, o que me diz dessas tulipas? — perguntou Takichiro, com certa severidade na voz.

— As flores têm vida. — A resposta de Hideo foi ainda mais brusca que da última vez.

— Vida? Sim, claro que elas têm vida. Apesar disso, já estou começando a me cansar delas. Flores demais... — Takichiro desviou o rosto.

As flores têm vida. Uma vida curta, mas não há dúvida de que vivam. No ano seguinte, formarão botões e desabrocharão, é a natureza...

Mais uma vez, Takichiro sentiu a desagradável espetada de Hideo.

— Incapaz é o meu olhar para com elas. Não gosto dos tecidos e obis com estampas de tulipas, mas se pintados por um grande artista, por certo até estas flores ganharão a vida eterna — comentou Takichiro, ainda voltado para outro lado. — O mesmo se pode dizer dos tecidos antigos. Existem alguns até mais velhos do que esta antiga capital. Mas belos tecidos como os de outrora, ninguém mais consegue fazer, não é? Apenas os copiam.

— ...

— Entre as árvores também deve haver alguns pés bem velhos, mais antigos que Kyoto, não acha?

— Eu não pretendia dizer algo tão complicado assim. Um tecelão que todos os dias luta com o tear não consegue ter pensamentos tão elevados — Hideo inclinou a cabeça. — Mas, por exemplo, caso sua filha, a senhorita Chieko, se postasse diante da estátua de Miroku Bosatsu[26] dos templos Chuguji ou Koryuji, sobressairia a beleza dela, infinitamente maior. Isso é indiscutível.

— Gostaria que Chieko ouvisse o que diz, ela ficaria feliz. Se bem que é uma comparação um tanto lisonjeira demais... Mas saiba, Hideo, que minha filha logo estará uma velha encarquilhada. E será num instante — disse Takichiro.

— Aí está o porquê de eu ter dito que as tulipas vivem. — A voz de Hideo soou forte. — Apenas no breve momento

---

26. Nomenclatura japonesa de Bodhisattva Maitreya, sobre quem foi profetizado que se manifestaria como Buda para restituir a Doutrina da Iluminação.

da floração a vida delas se manifesta com toda a intensidade. E agora estão nessa fase, não acha?

— Tem razão! — Takichiro se voltou para Hideo.

— Eu mesmo não tenho a pretensão de produzir obis que venham a ser utilizados de geração em geração, de filhas a netas. Por ora, procuro tecê-los para que as clientes se sintam bem ao usá-los, pelo menos por um ano.

— É uma excelente intenção — aprovou Takichiro, balançando a cabeça.

— Não tem outro jeito. Sou diferente de Tatsumura.

— ...

— Daí eu dizer que as flores de tulipa têm vida. Estão na sua plenitude agora, mas já devem estar com duas ou três de suas pétalas caídas.

— Creio que sim.

— O despetalar das flores de cerejeira é como uma nevasca e tem indizível encanto, mas como seria o das tulipas?

— Pétalas caídas e espalhadas no chão, bem... — disse Takichiro, pensativo. — Só fiquei um pouco cansado por causa das flores em demasia. As cores são excessivamente vivas e não têm profundidade... Acho que estou velho.

— Vamos indo, então? — convidou Hideo voltando-se para Takichiro. — Os moldes de tulipa para os obis que nos chegam por encomenda não têm nada de vida! Hoje, essas tulipas me abriram os olhos.

Takichiro e seu grupo deixaram o campo de tulipas do terreno baixo e galgaram a escadaria de pedra.

Nas laterais da longa escada cresciam azaleias-de-kirishima, tão volumosas que mais pareciam diques do que cercas vivas. Não estava na época de florirem, mas os tufos de suas folhas novas e miúdas realçavam as cores das tulipas em plena floração.

Enquanto subiam os degraus, abriam-se à direita amplos jardins de peônias, um de arbóreas e outro de herbáceas. Estes também não tinham flores. Por serem novos, talvez, tais jardins não estavam bem integrados ao ambiente.

Mais ao leste, avistava-se o monte Hieizan.

Tanto o Hieizan como as montanhas de Higashiyama e Kitayama podiam ser vistos de quase toda parte do Jardim Botânico, mas dali dos jardins de peônias tinha-se uma vista frontal do primeiro.

— Talvez por causa da densa neblina de hoje, o Hieizan parece mais baixo, não? — indagou Sousuke a Takichiro.

— A neblina da primavera é mesmo delicada... — E Takichiro ficou a contemplá-la demoradamente. — Contudo, senhor Otomo, ao vê-la, não sente que a estação está terminando?

— Pois sim!

— Quando se forma uma neblina tão densa como essa, a primavera não tarda a passar, não é?

— Pois sim! — tornou a dizer Sousuke. — Dura tão pouco! E nem fomos a um *hanami*.

— Não há nada de novo também.

Os dois caminharam em silêncio por algum tempo

— Senhor Otomo, que tal retornarmos pela alameda das canforeiras de que tanto gosta? — sugeriu Takichiro.

— Ah, muito agradecido! Só de caminhar por ali já me sinto feliz. Na vinda também passamos por ela... — E Sousuke voltou-se para Chieko: — Senhorita, por favor, faça-nos companhia.

No alto das canforeiras, as extremidades de seus ramos entrecruzavam-se. As folhas novas mantinham ainda os suaves tons avermelhados. Mesmo sem brisa, alguns ramos balançavam suavemente.

Caminhavam devagar, quase sem trocar palavras. Os pensamentos de cada um renasciam nas sombras das árvores.

Takichiro estava intrigado pelo que Hideo dissera, comparando a filha com as mais refinadas estátuas budistas de Kyoto e Nara, e declarando ser Chieko a mais bela. Estaria Hideo tão atraído assim por ela?

Contudo...

Supondo que Chieko se casasse com ele, onde, naquela fábrica de tecelagem dos Otomo, haveria espaço para ela? Passaria da manhã à noite girando a roca como a mãe de Hideo?

Quando Takichiro olhou para trás, deparou com Chieko a ouvir Hideo, que lhe falava com entusiasmo, e a acenar com a cabeça de vez em quando.

Ao considerar o matrimônio dos dois, Takichiro cogitou uma outra possibilidade. Em vez de Chieko ir à casa dos Otomo, ele poderia adotar Hideo como genro[27] na casa dos Sada.

Chieko era filha única. Se saísse de casa, Shige ficaria desconsolada.

Hideo, por sua vez, era o primogênito dos Otomo. O pai, Sousuke, se orgulhava de seu talento, que superava o dele próprio. Entretanto, tinha ainda o segundo e o terceiro filhos.

---

27. No original, *mukoyoshi*. Quando numa família só há filhas, é costume adotar o esposo da filha, legando-lhe o sobrenome, e assim dar continuidade ao nome da família.

Além disso, mesmo a firma de Takichiro estando em declínio, não havendo mais condições sequer de modernizar o interior da loja, ainda assim, tratava-se de um atacado de Nakagyo. Algo incomparável a uma tecelagem de três teares manuais. Trabalhos artesanais feitos em família sem um único empregado certamente não tinham grande futuro, o que era visível tanto na aparência de Asako, mãe de Hideo, quanto em sua modesta cozinha. Dependendo de como fosse conduzida a questão, havia a possibilidade de que o rapaz passasse a ser um membro da família Sada. Mesmo sendo Hideo o primogênito.

— Seu filho, Hideo, é bem maduro. — Takichiro se dirigiu a Sousuke como se sondasse o terreno. — Tão jovem e já se pode confiar nele, realmente...

— Sim, obrigado — agradeceu Sousuke, e acrescentou em tom casual: — Bem, pelo menos é bastante dedicado ao trabalho, mas não sabe lidar com as pessoas, só sabe dizer grosserias... Ainda não posso confiar nele.

— Bom! Eu, então, desde o outro dia, só recebo reprimendas dele — disse Takichiro como se sentisse prazer nisso.

— Realmente, peço-lhe desculpas. Ele é mesmo daquele jeito. — Sousuke inclinou a cabeça em ligeira reverência. — Nem as minhas opiniões ele respeita; se não se convence, não dá ouvidos.

— Bom! — disse Takichiro, acenando em aprovação, e depois indagou: — Por que veio hoje acompanhado apenas de Hideo?

— Se trouxesse os mais novos, os teares ficariam parados! Além disso, este tem um temperamento muito forte, imaginei que seria bom para ele caminhar pela alameda de que tanto gosto, talvez aprenda a dominar um pouco seu gênio...

— É uma bela alameda. Na verdade, senhor Otomo, se vim ao Jardim Botânico trazendo Shige e Chieko foi porque Hideo me aconselhou, digamos, muito gentilmente.

— Como?! — Sousuke olhou espantado para Takichiro.

— Decerto, ele estava com vontade de ver sua filha.

— Ah, isso não! — negou Takichiro apressado.

Sousuke voltou-se para trás. Hideo e Chieko vinham caminhando juntos, e Shige os seguia.

Quando saíram do jardim, Takichiro disse a Sousuke:

— Use este carro, por favor. Nishijin é logo ali. Nós vamos perambular um pouco pelos diques do rio Kamogawa...

Sousuke hesitou, mas Hideo disse:

— Vamos aceitar a gentileza do senhor Sada, pai. — E fez o pai subir na sua frente.

A família Sada ficou ali a observar o carro partir. Sousuke se ergueu um pouco e os saudou; quanto a Hideo, porém, não foi possível perceber ao certo se acenara ou não com um gesto de cabeça.

— Que rapaz interessante. — Takichiro se esforçava para conter o riso ao lembrar-se do episódio em que batera no rosto dele. — Chieko, vocês conversaram bastante, hein? Será que ele não resiste ao encanto de uma moça?

— Na alameda de canforeiras? Fiquei apenas escutando. Não sei por que ele falou tanto, logo comigo e com tanto entusiasmo... — respondeu Chieko, com o olhar encabulado.

— Ora, porque ele gosta de você! Não percebeu? Ele me disse que é mais bonita do que as estátuas de Miroku dos

templos Chuguji e Koryuji... Eu também fiquei admirado, justo aquele cabeça-dura dizer uma coisa dessas.
— ...
Chieko surpreendeu-se. Foi ficando levemente corada até a base do pescoço.
— Sobre o que falaram? — indagou o pai.
— Sobre o destino das tecelagens manuais de Nishijin.
— Como assim?
— Parece complicado falar em "destino", mas foi exatamente isso, destino... — explicou ela ao notar que o pai ficara pensativo.

Deixaram o Jardim Botânico. No dique do Kamogawa, à direita, havia uma alameda de pinheiros. Takichiro seguiu à frente das mulheres por entre as árvores, em direção à margem do rio. Na realidade, um campo comprido e pouco largo, coberto de relva nova.

De repente, o barulho de queda de água represada se tornara mais forte.

Via-se idosos em grupos sentados na relva, abrindo os recipientes nos quais acondicionavam seus almoços, e casais jovens passeando.

Na margem oposta também havia um passeio para pedestres, sobre o dique, uma estrada para automóveis. Além das cerejeiras, cujas folhas novas já estavam esparsamente despontadas, avistavam-se a oeste as cadeias montanhosas de Nishiyama, tendo ao centro o monte Atagoyama. Na direção da nascente do rio, as montanhas de Kitayama pareciam muito próximas. Aquela área era preservada devido a suas belas paisagens.

— Vamos nos sentar um pouco? — propôs Shige.

Sob a ponte Kitaoji podia-se vislumbrar tecidos com tingimento *yûzen* estendidos na relva da margem.

— Que primavera agradável! — observou Shige, olhando ao seu redor.

— Shige, o que pensa de Hideo? — interveio Takichiro repentinamente.

— Como assim?

— De o adotarmos como nosso genro...

— O quê? Dizer uma coisa dessas, assim tão de súbito...

— Ele é bem maduro, não lhe parece?

— Isso, sim. Mas é melhor perguntar a opinião de Chieko.

— Ela sempre disse que obedeceria nossa decisão. — E Takichiro olhou para a filha: — Não é, Chieko?

— Mas não poderá impor sua opinião numa questão como essa — retrucou Shige, também voltando-se para ela.

Chieko abaixou a cabeça. Em sua mente vinha-lhe a imagem de Shin'ichi Mizuki. Shin'ichi criança. Sobrancelhas desenhadas, batom nos lábios, maquiado, vestindo trajes de eras imperiais. Era Shin'ichi vestido de *chigo*[28], sobre o *Naginataboko*[29], durante o Festival Gion. Chieko também era criança naquele tempo.

---

28. Menino que participa de procissão budista ou xintoísta.
29. Refere-se a um *yamaboko* (carro alegórico) do Festival Gion, enfeitado por uma *naginata*, alabarda japonesa, no alto da sua cobertura.

Os cedros de Kitayama

Desde os tempos idos da era Heian, em Kyoto a palavra "monte" significa monte Hieizan, e "festival", o de Kamo.

Esse evento anual, oficialmente chamado de Festival Aoi, já havia ocorrido no último dia 15 de maio.

Fora em 1956, 31º ano da era Showa, que o grupo da princesa imperial Sai'ou* passou a fazer parte do cortejo do mensageiro imperial do Festival Aoi. O cortejo era a reconstituição do antigo rito em que, antes de se recolher ao monastério, a princesa imperial se purificava no rio Kamogawa. À frente do grupo, em liteiras, iam as damas da corte vestidas em trajes semiformais — os *kouchiki*—, e atrás delas seguiam as serviçais e as meninas. Ao som da música tocada pelas damas, Sai'ou, vestindo um longo quimono de doze camadas, passava num carro enfeitado e puxado a boi. Além da indumentária toda, por si só deslumbrante, quem desempenhava o papel de Sai'ou era uma jovem em idade universitária, proporcionando um encanto jovial à elegância clássica.

Uma colega do colégio de Chieko fora uma vez escolhida para representar Sai'ou. Naquela ocasião, ela e as companheiras assistiram ao desfile no dique do Kamogawa.

Em Kyoto, com seus numerosos templos e santuários, pode-se dizer que não se passa um dia sequer sem uma festa, grande ou pequena que seja. Ao se observar o calendário de eventos, tem-se a impressão de que durante todo o mês de maio há sempre um ocorrendo em algum lugar.

Vários tipos de cerimônia do chá acontecem ao mesmo tempo, sendo impossível participar de todas elas. Há desde oferendas de novas colheitas de chá aos deuses e budas, aberturas de salas de chá, até cerimônias ao ar livre, ou mesmo apreciações de chaleiras cerimoniais. Entretanto, naquele maio, Chieko não conseguira assistir nem mesmo ao Festival Aoi. Em parte, por ter sido um mês muito chuvoso, em parte por ela já ter sido levada inúmeras vezes àqueles eventos desde quando era criança.

Flores são flores, naturalmente, mas além delas Chieko gostava das folhas tenras, dos verdes novos. Era evidente, portanto, que apreciasse as folhas novas dos bordos da região de Takao, mas também se deleitava com aquelas das imediações do templo Nyakuoji.

Chieko preparava o chá proveniente da colheita daquele ano, o qual acabara de receber de Uji.

— Mamãe, esquecemos de assistir à colheita do chá este ano.

— Quem sabe ainda estão colhendo... — respondeu a mãe.

— É, pode ser.

Mesmo naquele dia em que estiveram no Jardim Botânico já era um pouco tarde para apreciar o vicejar dos brotos de canforeira, tão belos quanto as flores.

Masako, amiga de Chieko, estava ao telefone.

— Chieko, gostaria de ir comigo ver as folhas novas dos bordos de Takao? — convidou ela. — Tem menos gente do que na época da coloração de outono...

— Mas não seria um tanto tarde?

— É mais frio lá do que na cidade. Acho que ainda está em tempo.

— É mesmo? — E Chieko interrompeu a fala por um instante. — Sabe, depois das cerejeiras do Heianjingu, devíamos ter ido ver as da Vila Shuzan, mas acabei esquecendo completamente. Aquelas antigas árvores... Bem, quanto às cerejeiras, sei que neste ano não dá mais, mas desejaria ver os cedros de Kitayama. Fica perto de Takao, não? Quando estou diante deles, tão altos, tão aprumados, sinto minha alma lavada. Não quer me acompanhar até lá? Mais que os bordos, gostaria de ver os cedros de Kitayama.

Uma vez que se deslocaram até ali, Chieko e Masako decidiram ir ao encontro dos viçosos verdes das folhas de bordo nas imediações dos templos. Assim, percorreram o Jingoji em Takao, o Saimyoji em Makino'o e o Kozanji em Togano'o.

Tanto o Jingoji quanto o Kozanji se situam no final de uma ladeira acentuada. Masako, usando um vestido leve, próprio para o começo de verão, e calçando sapatos de salto baixo, não tinha dificuldades para subir, mas preocupava-se com Chieko, que trajava um quimono, e de tempos em tempos lançava olhares para a amiga. Chieko, por sua vez, não demonstrava nenhum ar de indisposição.

— Por que me olha tanto assim? — indagou Chieko.

— Quanta beleza!

— É uma beleza! — Chieko parou e, contemplando o rio Kiyotakigawa que corria lá embaixo, observou: — Pensei que os verdes estivessem sufocantes, mas esta vista é bem agradável.

— Eu... — Masako procurava conter a vontade de rir. — Chieko, quando eu disse "beleza", me referia a você!

— ...

— Como pôde vir ao mundo alguém assim, tão bonita? É o que me pergunto.

— Ah, pare com isso!

— O quimono discreto em meio ao verde acentua sua beleza. Entretanto, se vestisse um bem vistoso, ficaria ainda mais deslumbrante...

Chieko trajava um quimono em crepe de seda de cor violeta, ligeiramente ensombreado. O obi era aquele de saraça, que o pai lhe cortara sem hesitação.

Enquanto subia a escadaria de pedra lembrava dos antigos retratos de Taira no Shigemori* e Minamoto no Yoritomo*, conservados no Jingoji, e elogiados por André Malraux como obras-primas de nível universal, em especial o de Shigemori. Pensava nos traços remanescentes de vermelho das maçãs do rosto dele, quando Masako lhe dissera aquilo. Não era a primeira vez que ela ouvia da amiga algo semelhante.

No Kozanji, Chieko gostava de se sentar na ampla varanda de madeira do pavilhão Sekisui'in e contemplar a montanha à frente. Apreciava também uma obra que retratava o fundador daquele templo, Myoue Shounin*, praticando zen sobre a árvore. Ao lado do *tokonoma*[30] ficava exposta uma réplica de desenho em rolo retratando cenas humorísticas de animais.[31] As duas moças foram recepcionadas naquela varanda com o serviço de chá.

---

30. Nicho na parede das salas japonesas tradicionais, onde são colocadas obras de arte ou arranjos florais.
31. No caso, *Chouju Giga*, desenhos alegóricos de animais feitos no século XII, de provável autoria de Toba Soujou.

Masako nunca tinha ido além do Kozanji. Em geral, os turistas iam só até ali.

Chieko já tinha ido até a vila de Shuzan com o pai para apreciar as cerejeiras e guardava com carinho a recordação de ter colhido brotos de cavalinha. Eles eram grossos e compridos. Uma vez que fora até Takao, se preciso fosse, ela seria capaz de ir sozinha à aldeia dos cedros de Kitayama. A comunidade havia sido anexada à cidade de Kyoto e seu nome mudara para Kitayama-cho do distrito Norte; mas, com suas cento e vinte ou cento e trinta casas, seria mais adequado chamá-la de aldeia.

— Vamos a pé... Eu sempre vou — convidou Chieko.
— A estrada é boa.

As encostas íngremes das montanhas margeavam o rio Kiyotakigawa. Não demorou muito e lá estavam os belos bosques de cedro. Crescidos, em prumo e uniformes, revelavam dedicação e cuidado humanos. "Os troncos inteiriços de Kitayama" eram de altíssima qualidade, uma produção exclusiva daquela aldeia.

Devia ser o período de descanso das três da tarde, pois mulheres vinham descendo a encosta. Talvez estivessem aparando as ervas daninhas que cresciam entre as árvores.

Masako ficou paralisada, fitando uma das moças.

— Aquela moça é muito parecida com você, Chieko. Uma sósia sua, não acha?

A tal jovem vestia um quimono de mangas retas, presas com uma tira cruzada nas costas de algodão azul-marinho salpicado de branco e calças apertadas no tornozelo e avental; usava protetores para os dorsos das mãos e cobria a cabeça com uma toalha leve de algodão. O avental dava volta até as costas, com abertura nas laterais. Apenas a tira que prendia as mangas e uma faixa estreita, à mostra na cintura, eram de cor vermelha. As outras moças se vestiam da mesma forma.

O traje delas era semelhante ao das tradicionais trabalhadoras rurais, como as de Oharame e Shirakawame, na periferia de Kyoto, mas não aquele apropriado para ir à cidade vender os produtos. Trajavam as vestimentas típicas das mulheres japonesas que labutam nos campos e nas montanhas.

— Realmente, a moça é muito parecida com você. Não acha estranho, Chieko? Olhe bem para ela! — tornou a dizer Masako.

— É mesmo? — Chieko nem prestou muita atenção. — É tão precipitada, querida...

— Por mais precipitada que eu seja, uma moça assim tão bonita...

— Bonita, ela é, mas...

— Parece sua filha. Uma filha criada em segredo.

— Está vendo? Percebe as coisas absurdas que diz?

Ao ouvir isso, Masako se deu conta do disparate das próprias palavras e tapou a boca para conter o riso, mas tornou a dizer:

— Sei que acontece, às vezes, de duas pessoas totalmente estranhas se parecerem muito, mas no caso dessa moça chega a me dar medo.

A jovem e suas companheiras passaram por Chieko e Masako sem demonstrar nenhum interesse.

A toalha de algodão cobria cuidadosamente sua cabeça, deixando entrever a franja de seus cabelos, mas metade de seu rosto estava escondida. Chieko não conseguiu ver direito a face da jovem, nem observá-la de frente.

Chieko já tinha ido àquela aldeia algumas vezes, e assistira às mulheres removerem cuidadosamente as finas camadas que ainda permaneciam nos troncos, após a retirada de suas cascas pelos homens. Esfregavam-nos com a areia da cascata de Bodai, amolecida com água fria ou quente, para polir sua superfície. Lembrava vagamente dos rostos das moças, uma vez que em geral aquelas tarefas eram executadas à beira da estrada ou ao lado de um galpão. Além do mais, não devia haver muitas moças numa pequena aldeia montanhesa como aquela. Mas obviamente ela não tinha examinado com atenção cada um dos rostos.

Masako acompanhou com o olhar as silhuetas das mulheres se afastarem e sossegou um pouco. Mesmo assim tornou a repetir:

— Que coisa estranha... — E analisava o rosto de Chieko com atenção renovada, balançando a cabeça. — Realmente, são muito parecidas.

— Mas em quê?— indagou Chieko.

— Bem, pois é. Seria no todo? É difícil dizer em que são parecidas, talvez os olhos e o nariz... Uma jovem senhorita de Nakagyo e uma mocinha desta região das montanhas são diferentes naturalmente... Desculpe-me.

— Não tem por quê.

— Chieko, o que acha então de seguirmos aquela moça e espiar a casa em que mora? — propôs Masako, ainda demonstrando certo pesar por ter de se afastar dali.

Por mais extrovertida que fosse Masako, não poderia estar falando sério quanto a bisbilhotar a casa da jovem. Chieko diminuiu os passos quase a ponto de parar, a fim de admirar as encostas cobertas de cedro ou contemplar os troncos apoiados nas paredes das casas.

Os troncos brancos de cedro, de diâmetros quase uniformes e bem polidos, eram realmente belos.

— Parecem finas obras de artesanato, não? — comentou Chieko. — Os troncos são usados na construção de cabanas de chá, de estilo *sukiya*.[32] Disseram-me que são enviados para Tóquio ou Kyushu...

Os troncos eram dispostos ordenadamente, encostados em fileira única sob os beirais das casas e também no segundo piso. Em uma das casas, roupas íntimas secavam diante dos troncos enfileirados no piso superior. Masako observava com curiosidade.

— Será que a família desta casa mora atrás dos troncos? — indagou ela.

— Sempre precipitada, não, Masako? — E Chieko riu. — Não vê que atrás da barraca dos troncos há uma casa bem imponente?

— É mesmo! Como tinha as roupas lavadas secando no segundo andar, pensei...

— Quando disse que aquela moça era bem parecida comigo, deve ter sido mais uma das suas.

— Não, aquilo é diferente — falou com seriedade.

— Está espantada só porque eu disse que é muito parecida com ela?

— Espantada não, mas... — Assim que pronunciou essas palavras, inesperadamente veio-lhe à mente a imagem daquela

---

[32]. Estilo propositadamente despojado que preza a beleza dos materiais rústicos, evitando a decoração artificial. O exemplo mais famoso é a Vila Imperial Katsura, em Kyoto.

jovem. Havia um quê de melancolia submersa nos seus olhos, que se poderia dizer intensa e profunda, contrastando com o aspecto saudável de jovem trabalhadora.

— As mulheres desta aldeia são trabalhadeiras — comentou, como se quisesse fugir de alguma coisa.

— As mulheres trabalharem junto aos homens não é nenhuma raridade. Veja os lavradores. Nas lojas de hortaliças, de peixes, também... — observou Masako e despreocupadamente e acrescentou: — Uma senhorita como você, Chieko, se encanta com tudo.

— Eu também trabalho na loja da minha casa, viu? E senhorita é você!

— Ah, isso é. Eu não trabalho — concordou Masako com simplicidade.

— Estamos aqui falando de "trabalho" de modo genérico, mas eu gostaria que visse as moças desta aldeia labutando. — Chieko volveu o olhar para os morros de cedro. — Já deve estar começando a poda de galhos das árvores.

— O que quer dizer com poda de galhos?

— Para que os cedros sejam de boa qualidade, os galhos desnecessários são cortados com um facão. Às vezes, usam a escada, mas quase sempre pulam do topo de uma árvore à outra, como os macacos...

— Que perigo!

— Contaram-me que há pessoas que sobem nas árvores pela manhã e só descem na hora do almoço...

Masako também contemplou os morros de cedro. Os troncos uniformes e aprumados eram belíssimos. As folhas deixadas no alto da copa pareciam finas miniaturas.

As montanhas não eram tão altas, nem sua mata muito fechada. Podia-se observar, até o topo, cada pé de cedro que as cobria. O fato de os cedros serem utilizados na construção de cabanas de chá talvez explicasse a semelhança do próprio bosque com o estilo *sukiya*.

As encostas das margens do rio Kiyotakigawa são íngremes, terminando no vale estreito. Há chuvas abundantes na região, que recebe pouca luz solar, favorecendo dessa maneira o crescimento do cedro, cuja madeira é de qualidade inigualável. As árvores são protegidas naturalmente contra os ventos fortes. Caso contrário, os anéis novos e ainda delicados dos troncos seriam distorcidos ou deformados pela ação deles.

As casas da aldeia não passavam, por assim dizer, de uma fileira ao longo da margem do rio, ao pé da montanha.

Chieko e Masako caminharam até a última residência daquela pequena aldeia e retornaram.

Avistaram uma casa onde os troncos estavam sendo polidos. Retirados de um recipiente com água em que estavam submersos, eles eram brunidos cuidadosamente pelas mulheres com areia de Bodai. Era uma areia rosada semelhante à argila, recolhida ao pé da cascata.

— O que fariam se acabasse a areia? — perguntou Masako.

— As águas a trazem sempre que chove e a depositam na base da cascata de Bodai — respondeu uma mulher mais velha que as outras.

Masako achou demasiada despreocupação.

Como Chieko havia dito, as mulheres trabalhavam incessantemente, as mãos sempre em movimento. Eram troncos de cinco ou seis polegadas de diâmetro, e por certo seriam utilizados mais tarde como pilares de uma casa de gosto refinado.

Explicaram-lhes que, concluído o polimento, os troncos eram lavados e postos a secar. Depois, eram envoltos em papel ou protegidos com palhas de arroz, e só então enviados ao destinatário.

Havia cedros plantados em alguns locais do leito seco e pedregoso do rio Kiyotakigawa.

Os cedros crescidos uniformemente nas montanhas e os troncos encostados nos beirais das casas lembraram a Masako as grades *bengara*, sem nenhum resquício de poeira, das antigas casas de Kyoto.

Na entrada da aldeia havia uma parada de ônibus chamada Estrada de Bodai. A cascata ficava na parte alta, logo adiante.

Foi ali que as jovens tomaram o ônibus de regresso.

— Não seria bom para nós, moças, se crescêssemos tão aprumadas como aqueles cedros? — indagou Masako de repente, após algum tempo em silêncio.

— ...

— Claro que não recebemos tratamento tão cuidadoso, tanto carinho...

Chieko conteve o riso.

— Masako, continua se encontrando com ele?

— Sim, continuo. Costumamos nos sentar na relva, à beira do rio Kamogawa.

— ...

— As sacadas dos restaurantes da rua Kiyamachi ganharam iluminação, e o movimento vem aumentando. Mas nos sentamos de costas, por isso, as pessoas não conseguem saber quem somos nós.

— E hoje à noite?

— Também nos encontraremos, às sete e meia. Ainda está um pouco claro, mas...

Chieko sentiu uma ponta de inveja da liberdade de sua amiga.

Em casa, Chieko e os pais estavam sentados à mesa de jantar na sala dos fundos, que ficava defronte ao jardim interno.

— Como hoje o senhor Shimamura nos trouxe uma porção de *sasamakizushi*[33] de Hyomasa, preparei apenas uma sopa. Desculpe-me — explicava a mãe ao pai.

— Está bem.

O *sasamakizushi* de pargo era o prato preferido dele.

— Além disso, nossa preciosa cozinheira voltou um tanto tarde... — A mãe se referia a Chieko. — Foi com Masako ver os cedros de Kitayama, de novo...

— Hum.

Os *sasamakizushi* estavam empilhados no prato de porcelana Imari. Dentro de cada uma das embalagens de folha de bambu-anão, em forma de pirâmide, havia um bolinho de arroz coberto por uma fina fatia de pargo. A sopa servida na tigela laqueada era feita basicamente de *yuba*[34] e um pouco de shitake.

---

33. Literalmente "*sushi* enrolado na folha de bambu-anão". As folhas de uma variedade de bambu-anão chegam a mais de 10 cm de largura e 30 cm de comprimento.
34. Fina lâmina de nata que se forma ao ferver o leite de soja.

Da mesma forma que as grades *bengara* da frente, a loja de Takichiro conservava um pouco do estilo tradicional dos atacados de Kyoto. Mas como havia se tornado uma empresa, os empregados, como o *bantô* e os aprendizes, agora funcionários, não dormiam mais no emprego. Somente dois ou três deles, vindos da região de Omi, continuavam morando no segundo andar, nos aposentos com janelas *mushiko* da dianteira da casa. Por isso, a parte dos fundos era silenciosa na hora do jantar.

— Chieko, você gosta muito de ir à aldeia dos cedros de Kitayama, não? — A mãe retomou o assunto. — Por quê?

— Os cedros crescem todos tão retos, tão bonitos, que chego a pensar como seria bom se o coração humano fosse como eles.

— Mas o seu é exatamente assim! — replicou a mãe.

— O meu? Não! É torto, sinuoso...

— E por que não? — interveio o pai. — Por mais dócil que a pessoa seja, é natural que tenha dúvidas sobre muitas coisas.

— ...

— E é melhor que seja assim, não acha? Uma menina como os cedros de Kitayama seria uma joia, mas ela não existe, e, se existisse, correria o risco de cair em desgraça caso viesse a ocorrer algo inesperado em sua vida. Para mim, mesmo uma árvore que cresceu firme pode vir a dobrar e entortar... Vejam aquele velho bordo deste pequeno jardim.

— Como pode dizer uma coisa dessas sobre uma menina tão boa como Chieko? — protestou a mãe, empalidecendo ligeiramente.

— Sei, sei. Chieko é uma garota direita...

Chieko tinha o rosto virado para o pátio e ficou calada por algum tempo.

— A firmeza desse bordo, para mim... — Sua voz continha tristeza — ... é apenas como a das violetas que crescem nas cavidades daquele tronco. Por falar nisso, só agora notei que as flores desapareceram!

— É mesmo... Mas, certamente, na próxima primavera as violetas voltarão a florir — disse a mãe.

Chieko, que estava com a cabeça inclinada para frente, desviou o olhar para a lanterna cristã ao pé do bordo. Com a luminosidade vinda da sala não se distinguia claramente a imagem já desgastada, mas Chieko sentiu vontade de fazer uma prece.

— Mamãe, conte-me a verdade, onde é que eu nasci?

A mãe olhou o pai.

— Debaixo das cerejeiras de Gion — disse Takichiro, com firmeza.

Nascer à noite, sob as cerejeiras de Gion, não era muito diferente do que ocorrera com a princesa Kaguya-hime, da lenda infantil adaptada da história do Cortador de Bambu, que fora encontrada no oco, entre os nós de um pé de bambu.

Por isso seu pai afirmara aquilo com tanta firmeza.

Se tivesse nascido sob as flores, talvez viessem da lua para buscá-la como acontecera com Kaguya-hime, pensou Chieko por brincadeira, mas não teve coragem de dizê-lo em voz alta.

Criança abandonada ou raptada, os pais não sabiam onde ela tinha nascido. Nem mesmo seus pais verdadeiros.

Arrependeu-se de ter feito uma pergunta tão constrangedora. Contudo, achou melhor não se desculpar. Então por que, de repente, teria lançado aquela questão? Ela mesma não sabia ao certo. A insistência de Masako quanto à semelhança física entre ela e a mocinha da aldeia dos cedros veio-lhe à mente. Seria por conta disso? Não sabendo para onde dirigir o olhar, Chieko elevou os olhos para o alto do grande bordo. Por causa da lua ou da iluminação dos bairros de diversões, o céu noturno estava vagamente esbranquiçado.

— O céu já está ficando com a coloração de verão. — A mãe também contemplava o firmamento. — Ouça, Chieko. Você nasceu nesta casa. Não fui eu quem lhe trouxe ao mundo, mas nasceu aqui, compreendeu?

— Sim, mamãe — aquiesceu Chieko.

Como havia contado para Shin'ichi no templo Kiyomizudera, Chieko não tinha sido raptada por Shige e seu marido no parque Maruyama, na noite das cerejeiras em flor. Havia sido abandonada na porta da loja. Fora Takichiro quem pegara o bebê nos braços e levara para dentro da casa.

Isso acontecera havia vinte anos. Takichiro ainda era jovem, na casa dos trinta anos, e costumava ter suas aventuras noturnas. Por isso, a esposa não acreditou de imediato nas explicações do marido.

— Está querendo me enganar... Trouxe o bebê que teve com alguma gueixa para criar aqui em casa!

— Que bobagem! — Takichiro empalideceu.

— Olhe bem as roupas deste bebê! Parece com as de uma filha de gueixa? Hein? O bebê se parece com alguma gueixa? — E estendeu-o à esposa.

Ela pegou a criança e encostou seu rosto na face fria dela.

— O que pensa em fazer com o bebê?!

— Vamos conversar lá dentro. Mas por que tamanha surpresa?

— É uma recém-nascida!

Já que os pais verdadeiros eram desconhecidos, não podiam adotá-la. Assim, ficou registrada como filha legítima de Takichiro e sua mulher. Deram-lhe o nome de Chieko.

Costuma-se dizer que, adotando uma criança, a mulher engravida em seguida, como se fosse induzida. Mas isso não aconteceu com Shige. E assim Chieko foi criada como filha única, ganhando todo o amor dos pais. Tantos anos haviam passado que Takichiro e sua mulher nem se preocupavam mais em saber quem seriam os pais que abandonaram a criança. Nem poderiam saber se estariam vivos ou mortos.

A arrumação da cozinha após a refeição daquela noite era simples. Apenas retirar as folhas de bambu-anão dos *sasamakizushi* e lavar as tigelas de sopa. Chieko fez o serviço sozinha.

Depois, ela se recolheu ao seu quarto, no andar superior da ala dos fundos, e abriu os álbuns com desenhos de Paul Klee e de Chagall que o pai havia levado ao mosteiro de Saga. Acabou adormecendo, mas instantes depois despertou aos gritos por causa de um pesadelo.

— Chieko, Chieko? — Era a mãe que a chamava do quarto contíguo. Antes que ela respondesse, foi abrindo o *fusuma*.

— Estava tendo um pesadelo? — perguntou ela, adentrando o quarto: — O que foi?

Sentou-se ao lado da filha, e acendeu a luz da cabeceira. Chieko sentou-se sobre o leito.

— Como está suada!

A mãe pegou uma toalhinha de gaze na penteadeira e enxugou-lhe a fronte e depois o peito. Chieko deixou que a mãe cuidasse dela. Que peito branco e bonito, pensava a mãe, e entregou a toalha à filha.

— Agora, as axilas...

— Obrigada, mamãe.

— Foi um pesadelo horrível?

— Sim. Eu caía de um lugar alto... Em meio a um azul de dar medo, fui caindo muito rápido, e não tinha fim.

— É um pesadelo muito comum — replicou a mãe. — Uma queda sem fim.

— ...

— Chieko, assim vai se resfriar. Quer trocar o quimono?

Ela aquiesceu, mas as batidas de seu peito ainda não haviam se acalmado. Tentou se levantar, cambaleando um pouco.

— Tudo bem, a mamãe vai pegar para você.

Sentada como estava, Chieko trocou o quimono de dormir com gestos discretos, mas hábeis. Ia dobrar o que tirara, segurando as mangas.

— Não precisa dobrar, já que tem de lavá-lo.

A mãe pegou o quimono e o estendeu sobre o cavalete que estava no canto do aposento. Então, tornou a se sentar à cabeceira da filha.

— Por causa desse pesadelo à toa... Chieko, não está com febre? — Colocou a palma da mão na fronte da filha. Ao contrário do que esperava, estava fria. — Hum... Seria cansaço por ter ido até a aldeia de Kitayama?

— ...

— Que fisionomia mais desamparada é essa? Venha cá e deite, a mamãe vai dormir com você. — E foi se levantando para trazer os acolchoados.

— Obrigada, já estou bem. Não se preocupe, vá descansar, por favor.

— Tem certeza? — indagou Shige, enfiando-se sob a coberta ao lado de Chieko, que recuou um pouco para dar-lhe lugar.

— Você cresceu e ficou tão grande, Chieko, que a mamãe já não consegue dormir apertando-lhe nos braços. Engraçado, não?

Shige foi a primeira a adormecer muito sossegadamente. Chieko tateou os ombros da mãe para certificar-se de que ela não estava descoberta e apagou a luz. Não conseguia conciliar o sono.

O sonho que tivera foi comprido. Contara à mãe apenas a parte final.

No começo, era mais uma recordação prazerosa do que um sonho, uma revivescência da visita daquele dia à aldeia dos cedros de Kitayama em companhia de Masako. A presença da moça com quem a amiga dissera ser assemelhada começava a parecer muito mais inexplicável do que naquele momento na aldeia.

Então, no final do sonho, foi caindo em meio ao azul infinito. O azul poderia ser o verde-azulado das montanhas dos cedros que ficara guardado no seu coração.

Takichiro gostava do ritual da Cerimônia do Corte de Bambu*, do templo Kuramadera. Apreciava seu caráter varonil.

Para ele, que desde jovem o assistia, o ritual não oferecia nenhuma novidade, mas daquela vez pretendia levar Chieko. Principalmente porque naquele ano corriam rumores de que, por motivo de redução de verbas, não seria realizado o Festival dos Fogos de Kurama, a ocorrer sempre no mês de outubro.

Takichiro estava preocupado com o tempo. A Cerimônia do Corte de Bambu acontece no dia 20 de junho, em plena estação de chuvas.

No dia 19, choveu mais forte do que de costume para a época.

— Chovendo assim tão forte, amanhã o céu irá limpar — comentou Takichiro, espiando o firmamento de quando em quando.

— Papai, eu não me importo com a chuva.

— Mesmo assim — replicou o pai. — Seria bom se o tempo melhorasse...

No dia seguinte, entretanto, a chuva fina continuava.

— Mantenham fechadas as janelas e as portas dos armários. Essa forte umidade pode passar para os tecidos — recomendava Takichiro aos funcionários.

— Desistiu de ir ao Kurama, papai? — indagou Chieko.

— No ano que vem haverá de novo. Esqueça dessa vez. O monte Kurama assim, coberto de cerração...

As pessoas que ajudam no corte do bambu não são monges do templo. Na maioria, são moradores das proximidades que, embora leigos, são chamados de *hôshi*.[35] A preparação do cerimonial é feita no dia 18. Escolhem-se quatro bambus machos

---

35. Denominação de classe do monge budista, que, em determinada época, era o monge-guerreiro.

e quatro fêmeas, e os prendem atravessados entre estacas de madeira, fixas à direita e à esquerda do pavilhão principal. Cortam-se as raízes dos bambus machos, mantendo as folhas; os bambus fêmeas, por sua vez, têm suas raízes conservadas.

Desde antigamente, os bambus da esquerda em relação ao pavilhão principal são chamados Palco de Tanba, e os da direita, Palco de Omi.

Os representantes das casas designadas a participar do corte dos bambus vestem um traje formal especial para essa ocasião, composto de quimono e calças de seda crua branca, conservados há muitas gerações; sandálias de palha trançada dos antigos guerreiros; tira de contas prendendo as mangas e cruzando no peito; duas espadas na cintura; paramento de brocado com cinco listras cobrindo a cabeça ao estilo do capuz de Benkei[36]; e ramos de nandina doméstica presos na cintura. O facão para cortar o bambu é guardado numa bolsa de fino brocado. Assim trajados, os *hôshi* se dirigem ao portal do templo, precedidos pelos condutores próprios dessa ocasião.

Cerca de uma da tarde.

Com o toque do búzio de um monge, trajado de quimono *jittoku*[37], inicia-se o ritual do corte dos bambus.

Em coro, dois pajens anunciam ao *kanchô*, sacerdote superior da seita: "Parabenizamos a Sagração do Corte dos Bambus."

Então, cada um dos pajens avança ao palco do seu lado e clama o louvor.

---

36. Refere-se a Musashibou Benkei, famoso monge-guerreiro, herói semi-lendário do início de era Kamakura (1192-1333).
37. Vestuário semelhante ao quimono cerimonial da era Heian, mas sem as costuras laterais.

"Que magníficos são os bambus de Omi!"

"Que magníficos são os bambus de Tanba!"

O ato de *takenarashi* é efetuado cortando-se inicialmente os grossos bambus machos presos nas estacas e, a seguir, acertando-se o comprimento para uniformizá-los. Os bambus fêmeas, mais finos, são deixados como estão.

Os pajens informam ao *kanchô*:

"Concluído está o *takenarashi*."

Os monges ingressam no interior do pavilhão e entoam o sutra. Em vez de flores de lótus, espalham-se crisântemos-de-verão.

O *kanchô* desce do palanque, abre um grande leque de cipreste e o move para cima e para baixo três vezes: é o sinal para que se inicie o corte dos bambus.

Aos gritos de "Hooh!", dois membros de cada palco, Omi e Tanba, cortam os bambus em três partes.

Takichiro desejava mostrar a cerimônia para a filha, mas estava indeciso devido à chuva. Nesse momento, surgiu Hideo na porta gradeada. Carregava um *furoshiki*.

— Finalmente terminei de tecer o obi da senhorita — anunciou.

— O obi...? — volveu Takichiro, sem entender. — O obi da minha filha?

Hideo recuou um pouco, e respeitosamente apoiou as mãos sobre o tatame.

— O de estampa de tulipas? — indagou Takichiro em tom casual.

— Não. Aquele outro, que desenhou no mosteiro de Saga... — Hideo tinha o semblante sério. — Aquele dia fui grosseiro com o senhor, é a impetuosidade da juventude...

— Que nada! Aquilo era apenas um passatempo, nada mais do que isso. Suas palavras me abriram os olhos. Precisava lhe agradecer — disse Takichiro, surpreso.

— Tive a honra de tecê-lo, e o trouxe para sua apreciação.

— Como? — Takichiro estava cada vez mais surpreso. — Aquele esboço, não sei se sabe, eu o amassei e joguei no córrego ao lado de sua casa!

— Jogou fora? Mesmo? — Hideo continuou calmo, a ponto de parecer desafiador. — Eu o olhei com tanta atenção que consegui memorizá-lo.

— Deve ser a profissão — comentou Takichiro, cujo semblante nublou-se. — Mesmo assim, Hideo, por que teceu o desenho que joguei no córrego? Hein? Por que se deu ao trabalho? — Enquanto repetia a pergunta, um sentimento que não sabia definir tratar-se de tristeza ou indignação vinha-lhe subindo por dentro. — Não tem harmonia espiritual, é árido e doentio... Não foi isso que me disse?

— ...

— Por isso, assim que saí de sua casa, atirei-o no córrego.

— Por favor, senhor Sada, perdoe-me. — Novamente Hideo apoiou as mãos no tatame e curvou-se. — Eu, por minha vez, estava cansado e irritado devido a umas encomendas sem graça nenhuma.

— Eu também me sentia assim. O mosteiro das monjas de Saga era mesmo um lugar muito tranquilo, mas ali morava uma única monja idosa e durante o dia vinha apenas uma velhinha para ajudar nos serviços. Eu me sentia muito só, desolado mesmo... Além disso, os negócios da minha loja estão em declínio, então, o que me disse pareceu totalmente acertado. Não tem por que eu, dono de um atacado, ficar desenhando quimonos. Um desenho como aquele, uma tentativa de inovação. E mesmo assim...

— Eu também refleti longamente. Depois de encontrar a senhorita no Jardim Botânico, refleti mais ainda.

— ...

— Por favor, dê uma olhada no obi. Se não lhe agradar, pode estraçalhar com a tesoura aqui mesmo.

— Está bem — assentiu Takichiro, e chamou a filha: — Chieko! Chieko!

Chieko, que estava sentada ao lado do *bantô*, na mesa de contabilidade, levantou-se, aproximando-se.

Com as sobrancelhas grossas e a boca firmemente apertada, a expressão de Hideo parecia confiante. Contudo, ao desatar o nó do *furoshiki*, seus dedos tremiam um pouco.

Talvez por se sentir constrangido em dirigir as palavras a Takichiro, Hideo voltou-se para Chieko.

— Por favor, senhorita Chieko, veja isto. É o desenho do senhor seu pai. — Entregou-lhe o obi largo[38] em rolo ainda. Então, aguardou tenso.

Mal desenrolou uma extremidade, Chieko exclamou:

— Oh, papai! Inspirado nas gravuras de Klee? Foi feito em Saga? — Ia desenrolando o tecido sobre seus joelhos, encantada. — É maravilhoso!

---

38. No original, *maruobi*, que significa um obi feminino formal, inteiramente estampado.

Com uma expressão amarga no rosto, Takichiro nada disse. Contudo, no seu íntimo, estava estupefato pela memória de Hideo, que guardara tão bem o desenho que ele havia criado.

— Papai — dizia Chieko num tom de voz de criança feliz — realmente é um obi encantador!

— ...

Apalpou o tecido e disse a Hideo:

— É uma tecedura bem firme.

— Sim. — Hideo estava cabisbaixo.

— Dê-me a licença de estender aqui para vê-lo inteiro?

— Por favor — respondeu Hideo.

Chieko se levantou e estendeu o obi diante dos dois. Pondo as mãos nos ombros do pai, contemplou-o, permanecendo em pé.

— Que acha, papai?

— ...

— Não é maravilhoso?

— Acha mesmo?

— Sim, acho. Agradeço-lhe muito.

— Olhe bem, com atenção.

— Como é um padrão moderno, vai depender muito do quimono, mas... É um obi deslumbrante.

— Então, está bem. Se gostou mesmo dele, agradeça a Hideo.

— Muito obrigada, Hideo. — Sentada atrás do pai, Chieko inclinou a cabeça em direção ao rapaz.

— Chieko — chamou-lhe o pai —, vê harmonia neste obi? Falo de harmonia interior, do coração...

— Como? — Apanhada de surpresa, ela voltou a contemplar o obi. — O senhor diz "harmonia", mas isso depende do quimono e de quem o veste... Hoje em dia, uma nova moda de quimonos está começando, a de romper com a harmonia, propositalmente...

— Hum — assentiu Takichiro. — Para dizer a verdade, Chieko, quando mostrei o esboço deste obi a Hideo, ele me disse não haver harmonia. Por isso, atirei-o no córrego ao lado da oficina dele.

— ...

— E, no entanto, vendo-o, agora tecido, não é que está idêntico àquele desenho que eu botei fora? Claro que há uma ligeira diferença entre as minhas cores e as dos fios tingidos...

— Senhor Sada, por favor, peço-lhe perdão. — Hideo pôs as mãos no tatame e pediu desculpas. Depois, voltou-se a Chieko: — Sei que é um abuso, mas a senhorita poderia colocá-lo na cintura por um instante?

— Sobre este quimono mesmo? — Ela levantou-se e enrolou o obi na cintura. Imediatamente, a bela imagem de Chieko pairou diante dos olhos dos dois homens. O semblante de Takichiro também suavizou-se.

— Senhorita, eis a obra de seu pai! — Os olhos de Hideo brilhavam de satisfação.

Festival Gion

Chieko saiu de casa carregando um grande cesto para as compras. Atravessou a avenida Oike em direção ao norte, estava indo para a Casa Yubahan, na rua Fuyacho. Então, notou o céu em cor de labareda, a cobrir desde o monte Hieizan até Kitayama, e parou na avenida por algum tempo contemplando o firmamento.

Por ser um longo dia de verão, ainda era cedo para o pôr do sol, e o céu não apresentava aquela coloração melancólica. Mas expandiam-se nele intensas labaredas.

Devia ser raro ocorrer uma coisa como aquela. Nunca vira algo parecido antes, pensava Chieko.

Tomou nas mãos um espelhinho e, no reflexo daquela cor intensa das nuvens, espiou o próprio rosto.

Não esquecerei por toda a vida, não esqueceria... O ser humano também não seria conforme o coração?, perguntava-se ela.

Tanto o monte Hieizan quanto as montanhas de Kitayama estavam imersos em um azul-marinho profundo, quem sabe premidos por aquela cor.

Na Casa Yubahan, aguardavam-na com as encomendas de *yuba*, *yuba-de-peônia* e enrolados de *yuba*.

— Seja bem-vinda, senhorita. Estamos com tanto serviço, mas tanto mesmo, devido ao Festival Gion, que só temos aceitado encomendas dos clientes muito antigos.

Normalmente, a casa atendia apenas por encomenda. Em Kyoto, muitos estabelecimentos funcionam desse modo, mesmo os fabricantes de doces.

— É para o Festival Gion, não? Estamos gratos por todos esses anos. — A mulher da Yubahan encheu a cesta de Chieko, quase transbordando-a.

O enrolado de *yuba* assemelha-se ao enrolado de enguia — que inclusive leva o mesmo nome —, mas o dessa casa consiste em bardana enrolada na *yuba*. O *yuba-de-peônia* traz sementes de ginkgo envolvidas em lâminas de *yuba* e tem um aspecto que lembra o *hirousu*.[39]

A Casa Yubahan fora fundada havia mais de duzentos anos, e conseguira até mesmo escapar daquele incêndio conhecido como "dos Canhões". É claro que recebera pequenos reparos... Por exemplo, a pequena claraboia ganhou o vidro, e o antigo forno para fazer *yuba* fora trocado pelo revestido de tijolo.

— Antigamente, usávamos carvão de lenha, mas quando se retirava o *yuba*, o pó ficava depositado nele. Agora usamos serragem.

— ...

No enorme panelão, com divisões quadradas de placas de cobre, a película de *yuba* que se forma na superfície é habilmente apanhada com os hashi e estendida para secar numa vara fina de bambu. Há muitas dessas varas no panelão,

---

39. Feito de massa de tofu condimentado e misturado com alga marinha tipo "kombu" e verduras picadas, é frito em pequenas porções.

dispostas de alto a baixo numa armação, e à medida que as películas de *yuba* secam, as varas que se encontram na parte inferior vão sendo deslocadas para cima.

Chieko foi até a parte dos fundos da fábrica e tocou no velho pilar. Sempre que ia lá com sua mãe, a via acariciar aquela velha e enorme coluna central que sustentava a estrutura da casa.

— Que madeira é esta? — indagou Chieko à mulher da Yubahan.

— Cipreste-do-japão. Enorme, não é? E está no prumo...

Depois de acariciar o velho pilar, Chieko deixou a loja.

À medida que rumava em direção à sua casa, intensificavam-se os sons de música; eram os ensaios para o festival.

Os turistas vindos de lugares distantes pensam que o Festival Gion ocorre somente no dia 17 de julho, quando acontece o desfile dos carros alegóricos. Quando muito, vão para a noite do dia 16, o vesperal chamado *Yoiyama*.

No entanto, as festividades de Gion continuam ao longo de todo o mês de julho.

No dia 1º, cada quadra da cidade que possui um carro alegórico realiza o ritual para pedir aos deuses segurança e sucesso para festival e, então, começa a música especial do Festival Gion.

O *Naginataboko*, no qual vai o *chigo*, ocupa a ponta do desfile todos os anos, mas a ordem de entrada dos outros carros é sorteada no dia 2 ou 3 de julho, numa cerimônia presidida pelo prefeito de Kyoto.

As lanças são montadas um ou dois dias antes do desfile, mas a abertura do festival ocorre no dia 10 com a "lavagem do andor" na grande ponte de Shijo, sobre o rio Kamogawa. Ainda que se diga "lavar", o ato se resume a um sacerdote xintoísta mergulhar ramos de *sakaki* na água e borrifar algumas gotas sobre o andor.

No dia 11, acontece a visitação do *chigo* ao santuário Gion. É o mesmo *chigo* que desfila sobre o *Naginataboko*. Montado a cavalo e acompanhado de sua comitiva, vestindo traje cerimonial da era Heian, e levando na cabeça um gorro alto e negro usado por nobres daquela mesma época, ele vai ao santuário receber a ordenação de quinto grau. Nos tempos remotos, os nobres que tinham acesso à Corte Imperial ocupavam posições superiores ao quinto grau.

Antigamente, xintoísmo e budismo se mesclavam, por isso os meninos que acompanham o *chigo*, à esquerda e à direita, eram chamados de Bodhisattva Kan'non e Seishi, respectivamente. Por outro lado, consideravam a concessão de grau pelo deus do santuário Yasakajinja como um ato de matrimônio entre ele e o *chigo*.

— Mas isso é esquisito! Eu sou um homem! — reclamara Shin'ichi Mizuki, quando fora escolhido para *chigo*.

Além disso, o *chigo* era tratado a "fogo separado". Isto é, seu alimento era cozido num fogo à parte, não se utilizando o mesmo com que se preparava a comida dos familiares. Era a purificação. Hoje, porém, essa prática está simplificada, e apenas produzem centelhas batendo pedras sobre a refeição do *chigo*. Comenta-se que certa vez a família, por descuido, esquecera de fazê-lo, e o próprio *chigo* chamara a atenção, dizendo: "Fogo, fogo."

De qualquer forma, não é nada fácil para a criança, pois as incumbências de um *chigo* no dia do desfile não terminam aí.

Ele precisa, por exemplo, visitar os encarregados das quadras que participam do desfile, cada qual com um carro alegórico. Como o festival, os compromissos do *chigo* se estendem pelo mês inteiro.

Mais do que o desfile do dia 17 de julho, os habitantes de Kyoto sentem a atmosfera da festa no *Yoiyama* do dia 16.

E se aproximava o dia do Festival Gion.

Na loja de Chieko, as portas gradeadas da frente foram retiradas e todos se apressavam com os preparativos.

Para Chieko, garota de Kyoto, residente em uma loja atacadista perto da avenida Shijo e afilhada do santuário Yasakajinja, o Festival Gion, que ocorre todos os anos, não era novidade. Era uma festa do verão quente de Kyoto.

O que ela recordava com mais saudade era Shin'ichi vestido de *chigo* em cima do *Naginataboko*. Sempre que começava a festa, ouviam-se os sons da música típica do festival, e ao ver as lanças enfeitadas com numerosas lanternas acesas, ela rememorava aquela imagem. Shin'ichi e Chieko teriam, ambos, sete ou oito anos.

Nunca se vira uma criança tão linda, nem mesmo uma menina. Era o comentário da época.

Quando Shin'ichi fora ao santuário Gion para receber o título de capitão de quinto grau, ela o seguira; como também, quando ele visitara as quadras que possuíam carros alegóricos próprios. Shin'ichi, em traje de *chigo* e acompanhado por dois pajens, fora também à loja de Chieko para as saudações.

— Chieko! Chieko!

À sua chamada, Chieko se pôs a fitá-lo, enrubescida. Shin'ichi estava maquiado, inclusive com batom, enquanto ela tinha o rosto queimado de sol. O tablado preso por um lado nas grades *bengara* havia sido baixado. Ela, então, estava metida num quimono *yukata*[40] com o obi vermelho e branco, de apenas um metro, e brincava ali com as crianças vizinhas, queimando os pequenos fogos de artifício em forma de incenso.

Mesmo agora, ao ouvir a música da festa, parecia ver entre as luzes dos carros alegóricos a imagem de Shin'ichi vestido de *chigo*.

— Chieko, não vai ver o *Yoiyama*? — perguntou a mãe depois do jantar.

— E a senhora?

— Não poderei sair. Teremos visitas.

Tão logo saiu de casa, Chieko apressou os passos. A avenida Shijo estava tomada por uma multidão e era difícil transitar.

No entanto, Chieko, que conhecia muito bem a localização de cada carro alegórico, quer em certo local da avenida Shijo, quer na travessa tal, não teve dificuldades para ver todos. Era sem dúvida um espetáculo. Ouviam-se também as músicas próprias de cada um deles.

Chieko foi até o *Otabisho*[41], comprou algumas velas e as acendeu, oferecendo-as no altar dos deuses. Durante o festival, os deuses do Yasakajinja permanecem ali, no lado sul da avenida Shijo, próximo à esquina do Shinkyogoku.

---

40. Quimono simples, de algodão ou linho, usado no verão em ocasião informal.
41. Durante o Festival Gion, os deuses de Yasakajinja são transferidos e permanecem em um pequeno santuário chamado *Otabisho*. O cortejo do festival representa o traslado dos deuses nos andores de um santuário a outro.

Ali Chieko notou uma jovem que parecia realizar a "prece das sete vezes". Apesar de vê-la de costas, bastava um simples olhar para reconhecer que era daquilo que se tratava. A "prece das sete vezes" é feita da seguinte forma: de frente para o altar do *Otabisho*, caminha-se um pouco para trás, afastando-se dele, e ao retornar faz-se a prece, repetindo esse ato sete vezes. Nesse meio tempo, mesmo que se encontre uma pessoa conhecida, não se deve falar com ela.

Será? Chieko notou que conhecia a jovem. Como se tivesse sido seduzida, começou também a fazer a prece.

A jovem caminhava no sentido oeste e retornava ao *Otabisho*. Chieko, ao contrário, caminhava em direção a leste e dali voltava. No entanto, ela orava demoradamente e com um fervor muito maior que o de Chieko.

Parecia que a garota tinha terminado sua sétima prece. Como Chieko não se afastara muito, terminou sua sétima vez quase junto com ela.

A jovem encarou Chieko como se quisesse devorá-la com o olhar.

— Por que orava tanto? — perguntou Chieko.

— Estava me observando? — A voz da garota tremia. — É que queria saber o paradeiro da minha irmã mais velha... Oh!... Mas... Mas é a minha irmã! Foi a graça dos deuses que nos ajudou. — As lágrimas transbordavam dos olhos dela.

Não havia dúvida, tratava-se daquela jovem da aldeia dos cedros de Kitayama.

Por causa das lanternas votivas enfileiradas formando painéis luminosos, e das velas oferecidas pelos fiéis, o espaço defronte ao altar do *Otabisho* estava bem iluminado. Contudo, as lágrimas da garota não se importavam com a claridade. Ao contrário, as luzes faziam-nas cintilar ainda mais.

Sustentada por uma firmeza que nascera no seu íntimo, Chieko conseguiu se controlar.

— Sou filha única. Não tenho irmã, nem mais velha nem mais nova — replicou ela, apesar do rosto empalidecido.

A jovem dos cedros de Kitayama soluçava.

— Compreendo. Perdoe-me, senhorita, perdoe-me — repetia ela. — Desde criança penso tanto na minha irmã, na minha irmã mais velha, que acabei cometendo um engano terrível...

— ...

— Disseram-me que éramos gêmeas. Na verdade, nem sei qual de nós nasceu primeiro, quem seria a mais nova ou a mais velha.

— Nossa semelhança deve ser apenas casual. Somos estranhas uma à outra.

A jovem assentiu e as lágrimas escorreram pela sua face. Enxugando-as com um lenço, perguntou:

— Senhorita, onde nasceu?

— No bairro dos atacados, perto daqui.

— Ah, sim. O que pedia aos deuses?

— Felicidade e saúde para meu pai e minha mãe.

— ...

— E seu pai? — indagou Chieko.

— Ele já se foi, há muito tempo... Aparava os ramos dos cedros, quando tentou sem sucesso passar de uma árvore a outra e acabou caindo. Uma queda feia. Foi o que as pessoas da aldeia me contaram. Eu era recém-nascida e não me lembro de nada...

Chieko sentiu um choque.

Sempre se sentiu atraída por aquela aldeia e desejosa de contemplar as montanhas dos cedros. Não seria o chamado da alma de seu pai?

Além do mais, aquela jovem montanhesa afirmava ser sua irmã gêmea. Teria o verdadeiro pai abandonado uma das filhas e, pensando no que havia feito, se descuidado, acabando por cair do alto da copa do cedro? Certamente, foi o que acontecera.

Um suor frio molhava a testa de Chieko. O ruído dos passos das pessoas que pululavam na avenida Shijo, as músicas alegres do festival pareciam distanciar-se até desaparecer. Sentiu tudo escurecer ao seu redor.

A jovem da montanha colocara a mão no ombro de Chieko e enxugava-lhe a testa com um lenço.

— Obrigada.

Chieko pegou dela o lenço e passou-o no rosto, depois, sem perceber, guardou-o entre as dobras do quimono.

— E sua mãe? — perguntou ela em voz tímida.

— A mamãe... — A garota hesitou. — Parece que nasci na casa de meu avô materno, num lugar bem mais remoto do que a aldeia dos cedros. Mas ela também morreu.

Chieko desistiu de fazer mais perguntas.

Sem dúvida, a jovem da aldeia de Kitayama tinha derramado lágrimas de felicidade, pois tão logo cessaram, seu rosto resplandeceu.

Chieko, ao contrário, estava profundamente abalada a ponto de lhe tremerem as pernas, mal podendo se manter em pé. Não seria possível assimilar tudo de imediato, ali mesmo.

O que parecia lhe confortar era a saudável beleza da garota. Não conseguia se sentir como ela, incondicionalmente feliz pelo encontro. Um traço de melancolia parecia colorir seus olhos.

O que fazer de agora em diante? Enquanto Chieko hesitava, a garota a chamou.

— Senhorita! — E estendeu-lhe a mão direita.

Chieko tomou a mão dela. Era áspera, de pele grossa. Diferente de sua mão macia. A garota, contudo, parecia não se importar e a apertou com força.

— Adeus, senhorita — disse.
— O quê?
— Estou tão feliz!...
— Como é seu nome?
— Naeko.
— Naeko? O meu é Chieko.
— Eu trabalho para uma família, mas é uma aldeia muito pequena, é só perguntar por Naeko, vai me encontrar logo.

Chieko assentiu, balançando a cabeça.

— A senhorita parece ser tão feliz!
— Sim, eu sou.
— Não vou contar a ninguém sobre o encontro desta noite. Prometo. Quem sabe disso são apenas os deuses de Gion, do *Otabisho*.

Naeko deve ter compreendido que, embora sendo gêmeas, pertenciam a classes sociais muito distintas. Ao se dar conta disso, Chieko ficou sem palavras. No entanto, refletia, não fora ela a abandonada?

— Adeus, senhorita — tornou a dizer. — Antes que alguém perceba...

Chieko sentiu um aperto no coração.

— Minha casa é logo ali, Naeko. Pelo menos passe diante da loja, por favor.

Naeko abanou a cabeça, em recusa.

— E quanto às pessoas da sua casa?

— A família? Apenas meu pai e minha mãe...

— Não sei por que, mas imaginei que assim o fosse. Cresceu cercada de carinho, não é?

Chieko puxou a manga de Naeko.

— Se continuarmos desse modo...

— É verdade.

Então, Naeko voltou-se para o *Otabisho* e juntou as mãos com profundo respeito. Chieko se apressou em imitá-la.

— Adeus — disse Naeko, pela terceira vez.

— Adeus — repetiu Chieko.

— Tenho tantas coisas que gostaria de lhe contar... Por favor, venha à aldeia um dia desses. Dentro do bosque de cedros não há perigo de que alguém nos veja.

— Sim, obrigada.

No entanto, sem se aperceber, as duas foram caminhando no meio da multidão rumo à grande ponte de Shijo.

Os fiéis do santuário Yasakajinja eram numerosos. No *Yoiyama*, e mesmo após o término do desfile dos carros alegóricos no dia 17, ainda assim, há a continuidade das festas. As lojas escancaram as portas, expondo biombos e outros objetos de arte. Outrora, podia-se ver biombos com desenhos *ukiyo-e*[42] da primeira época, com pinturas da Escola Kanou*, ao estilo *yamatoe**, e até um par deles pintado por Sôtatsu. Entre

---

42. Desenhos da era Edo (1600-1867) reproduzidos em xilografia.

as gravuras originais de *ukiyo-e*, havia o chamado "biombo *nanban*"[43], com figuras de estrangeiros ocidentais em meio ao elegante ambiente de Kyoto. Eles eram a demonstração da prosperidade dos burgueses da velha capital.

Atualmente, do esplendor do passado, restaram as decorações dos carros alegóricos. São os conhecidos brocados chineses, os gobelinos, as peliças, os brocados de ouro com damasco, os bordados em tapeçaria de seda europeia, todos importados muitos séculos atrás, que continuam a enfeitar os carros. No grandioso luxo do estilo Momoyama haviam sido acrescentados peças de beleza exótica, resultantes do comércio com as nações estrangeiras.

Há também, entre os carros, aqueles decorados por pintores famosos da época. E nota-se ao alto de alguns deles as colunas que dizem ter sido mastros de navios mercantis do final do século XVI.

É costume referir-se à música do Festival Gion simplesmente como "kon-kon-tiki-tin", mas na realidade há 26 ritmos diferentes, alguns que lembram o estilo musical do teatro *kyogen* do templo Mibu*, outros o das danças *gagaku*.[44]

No *Yoiyama*, as lanças são todas decoradas com lanternas acesas penduradas lado a lado, formando painéis luminosos, e a música fica ainda mais animada.

No lado leste da grande ponte de Shijo não há nenhum carro alegórico, mas, ainda assim, o brilho festivo parece continuar até o santuário Yasakajinja.

---

43. Bárbaros do sul, designação atribuída aos europeus que chegaram ao Japão durante a era das grandes navegações.
44. Danças rituais provenientes da China e Coreia no século VI. Sua prática tornou-se tradicional nas solenidades da corte imperial japonesa.

Chegando à grande ponte, Chieko, empurrada pela multidão, ficou um pouco atrás de Naeko.

— Adeus — tornou Naeko a dizer, mas Chieko estava indecisa. Seria melhor se despedir dela ali mesmo ou passar defronte à loja, ou ainda chegar perto e mostrar-lhe ao menos onde ficava o estabelecimento? Despertava nela um caloroso afeto por Naeko.

— Senhorita, senhorita Chieko! — Era Hideo quem a chamava, aproximando-se de Naeko, que atravessava a grande ponte. Ele havia se enganado, tomando uma pela outra. — Veio apreciar o *Yoiyama* sozinha?

Naeko estava confusa, mas não se voltou para Chieko.

Chieko rapidamente se dissimulou em meio à multidão.

— Bom tempo, não? — disse Hideo. — Amanhã também deverá fazer um belo dia. As estrelas estão...

Naeko levantou o olhar para o céu. Imaginava o que deveria responder. Naturalmente, ela não conhecia Hideo.

— Outro dia fui muito grosseiro com seu pai, mas o obi ficou bom, não? — continuou Hideo.

— Sim.

— Ele não ficou zangado comigo depois?

— Não. — Sem imaginar do que se tratava, Naeko não sabia o que responder. No entanto, em nenhum momento olhou na direção de Chieko.

Naeko estava em dúvida. Se aquele jovem podia se encontrar com Chieko, então por que ela não vinha conversar com ele?

O homem tinha o crânio um tanto grande, os ombros largos e um olhar penetrante, e não lhe parecia má pessoa.

Já que falara de obi, devia ser um tecelão de Nishijin. Trabalhando sentado por anos a fio no banco de um tear alto, sua constituição física devia ficar com tal aspecto.

— Sendo ainda novato, acabei dando opiniões inúteis a seu pai, mas passei uma noite inteira a refletir sobre o assunto até que me decidi por tecer seu obi — explicou Hideo.

— ...

— Já o usou, ao menos uma vez?

— Bem... — respondeu Naeko, de modo evasivo.

— Então, o que achou?

A iluminação sobre a ponte não era forte como nas avenidas, e a multidão em atropelo chegava por vezes a se interpor entre os dois. Mesmo assim Naeko achou estranho que Hideo continuasse a não perceber o engano.

Gêmeos que crescem na mesma casa, sob os mesmos cuidados, podem ficar muito parecidos, mas Chieko e Naeko cresceram em diferentes lugares, em ambientes bem distintos. Quem sabe seu interlocutor fosse míope, pensou.

— Senhorita, peço permissão para tecer-lhe um obi, apenas um, a partir de meu desenho. Uma lembrança de seus vinte anos. Eu o farei de corpo e alma.

— Ah, sim. Obrigada — murmurou Naeko.

— Foi muita sorte encontrá-la, aqui, no *Yoiyama* de Gion. Quem sabe, um sinal de que os deuses me ajudarão na criação desse obi.

— ...

Chieko não gostaria que o rapaz soubesse da existência de uma irmã gêmea, por isso não se aproximara dos dois. Para Naeko, essa era a única explicação.

— Adeus — disse Naeko, o que, para Hideo, foi repentino.

— Ah, adeus — respondeu ele. — Quanto ao obi, permita-me fazê-lo, está bem? Espero terminar antes da época das folhas ficarem tingidas... — tornou a insistir, e se despediu.

Naeko procurou Chieko com o olhar, mas não a viu.

Não se importava com o jovem nem com a história do obi, apenas se sentia feliz por ter encontrado Chieko em frente ao *Otabisho*, pela graça dos deuses. Segurou a balaustrada da ponte e, por algum tempo, contemplou as luzes refletidas na água.

Recomeçou a caminhar em passos lentos pela parte lateral da ponte. Pretendia visitar o Yasakajinja no final da avenida Shijo.

Quando alcançou a metade da grande ponte, ela avistou Chieko parada, conversando com dois jovens.

— Ah! — Deixou escapar involuntariamente esse pequeno grito, mas não se aproximou deles.

Não que tivesse intenção, mas se pegou observando os três.

O que Naeko e Hideo teriam conversado?, pensava Chieko. Não havia dúvida de que ele tinha tomado uma pela outra, e Naeko devia ter ficado confusa, não sabendo como responder às palavras dele.

Chieko deveria ter se aproximado dos dois. Não conseguiu, porém. E não foi só isso. Quando Hideo chamou "senhorita Chieko", escondeu-se atrás das pessoas numa reação instintiva.

Por quê?

O encontro com Naeko, em frente ao *Otabisho*, tinha abalado o coração de Chieko de forma muito mais violenta do que o de Naeko. Esta sabia ser sua irmã gêmea, e havia muito procurava por ela. Chieko, no entanto, jamais cogitara tal possibilidade. Tudo fora tão repentino que ela não tivera tempo de alegrar-se pelo encontro, como acontecera com Naeko.

Além disso, tinha acabado de saber por Naeko que o pai verdadeiro havia caído do alto de cedro e a mãe que lhes dera a luz morrera cedo. Sentiu punhaladas no coração.

Até então, sabia, pelos comentários sussurrados entre os vizinhos, que fora um bebê abandonado. Entretanto, procurava não pensar nos seus pais verdadeiros e no lugar onde a haviam abandonado. Mesmo que o fizesse, de nada adiantaria. E o amor de Takichiro e Shige era tamanho que não sentia necessidade de pensar no caso.

O que ouvira de Naeko, naquela noite do *Yoiyama*, não havia proporcionado propriamente felicidade a Chieko. No entanto, sentia brotar nela um amor terno pela irmã.

— Parece ter um coração mais puro do que o meu. É trabalhadora e tem uma constituição rija — murmurou Chieko a si mesma. — Será que um dia precisarei contar com o apoio dela?

E assim, distraidamente, ia atravessando a grande ponte de Shijo, quando foi chamada.

— Chieko! Chieko! — Era Shin'ichi. — O que faz andando sozinha e ainda por cima com esse ar tão perdido? Está um pouco pálida também.

— Oi, Shin'ichi! — E como que voltasse a si, comentou: — Aquela vez que foi *ochigo-san* e andou de *Naginataboko*, estava tão bonitinho!

— Foi muito cansativo, mas é claro que, recordando agora, sinto saudades.

Shin'ichi estava acompanhado.

— É meu irmão, ele está fazendo pós-graduação.

Mais velho que Shin'ichi, o rapaz era parecido com o irmão, mas cumprimentou Chieko de um modo um tanto brusco.

— Shin'ichi, quando pequeno, era franzino e bonitinho como uma menina, por isso foi escolhido para ser *ochigo-san*. Um bobo. — disse ele e riu alto.

Estavam no meio da grande ponte. Chieko analisava o semblante másculo do irmão.

— Chieko, está pálida esta noite, parece triste — observou Shin'ichi.

— Não seria por causa da luz? Estamos bem no meio da ponte — replicou Chieko, firmando os pés. — Além disso, todo mundo está tão alegre nesta noite do *Yoiyama*, que importância tem se apenas uma moça parecer tristonha?

— Nada disso. — Shin'ichi empurrou-a em direção à balaustrada da ponte. — Fique encostada um pouco.

— Obrigada.

— Não tem quase brisa do rio, mas...

Chieko colocou a mão na testa e ia fechar os olhos.

— Shin'ichi, quando foi *ochigo-san* e subiu no *Naginataboko*, que idade tinha?

— Acho que... cinco ou seis anos. Se não me engano, foi um ano antes de eu ingressar na escola primária.

Chieko acenou com a cabeça, mas se conservou calada. Queria enxugar o suor frio da testa e da nuca. Introduziu a mão entre as dobras do quimono, tocando no lenço de Naeko.

— Oh! — deixou escapar.

O lenço estava molhado com as lágrimas da jovem. Chieko o apertou na mão, indecisa se deveria deixar que o vissem ou não. Enxugou a testa com o lenço amassado. Foi difícil conter as lágrimas.

Shin'ichi a olhava com estranhamento. Sabia que não era hábito de Chieko guardar o lenço assim amarrotado.

— Chieko, está com calor? Sente calafrios? Se apanhou gripe, que é persistente no verão, o melhor a fazer é voltar logo para casa... Vamos levá-la, certo, mano?

O irmão de Shin'ichi assentiu com a cabeça. Até então, observava Chieko fixamente.

— É logo ali. Não precisam me acompanhar...

— Se fica perto, mais uma razão para que a acompanhemos — pontuou o irmão com firmeza.

Do centro da ponte, os três retornaram.

— Recorda-se mesmo, Shin'ichi, de que durante o desfile eu seguia o carro em que você estava? — indagou Chieko.

— Lembro, sim — respondeu ele.

— Éramos tão pequenos...

— Éramos mesmo. E eu, como *chigo*, não podia olhar muito para os lados, pois ficaria feio. Mas estava encantado porque uma garotinha me acompanhava o tempo todo. Certamente ficou muito cansada, empurrada pela multidão...

— Nunca mais seremos pequenos assim...

— O que quer dizer com isso? — Tentando não demonstrar sua curiosidade, Shin'ichi se perguntava o que teria acontecido com Chieko naquela noite.

Quando chegaram à loja, o irmão de Shin'ichi cumprimentou respeitosamente os pais da jovem. Shin'ichi se manteve reservado, mais atrás.

Na sala dos fundos, Takichiro tomava saquê com uma visita. Não que bebesse muito, mas fazia-lhe companhia. Shige os servia, ora se levantando ora se sentando....

Mas ao ouvir a voz de Chieko anunciando sua chegada virou-se para olhá-la.

— Que bom, chegou! Mas veio cedo, hein? — disse a mãe.

Chieko cumprimentou a visita formalmente.

— Acabei me demorando demais. Desculpe por não ter ajudado em nada, mamãe...

— Está bem, está bem — Shige lhe fez um ligeiro sinal com o olhar, e ambas seguiram para a cozinha. A mãe, que fora buscar a garrafinha de saquê quente, observou: — Está com um ar tão desamparado... Por isso lhe trouxeram para casa, não?

— Sim. Shin'ichi e seu irmão...

— Entendo. Está pálida e com as pernas bambas — Shige tocou na testa de Chieko. — Não tem febre, mas parece tristonha. Temos visita esta noite, por isso dormirá com sua mamãe. — E abraçou-lhe os ombros com suavidade.

Chieko conteve uma gota de lágrima prestes a brotar.

— Vá logo deitar-se no quarto do segundo andar.

— Está bem, obrigada. — Diante da ternura materna, sentiu seu coração reconfortado.

— Sabe, seu pai recebe poucas visitas, por isso também se sente triste. Na hora do jantar até que vieram cinco ou seis...

Chieko foi levar a garrafinha de saquê.

— Obrigado, mas já bebi o suficiente por esta noite, senhorita — disse o visitante.

Chieko notou que a mão direita, com que servia o saquê, estava trêmula e buscou apoiá-la com a esquerda, mas mesmo assim continuou a tremer de forma quase imperceptível.

Naquela noite, a lanterna cristã do jardim interno estava acesa. Percebia-se vagamente os dois pés de violetas nas cavidades do grande bordo.

Não havia mais flores neles, mas aqueles pequenos pés, de cima e de baixo, seriam Chieko e Naeko? Era quase certo que eles jamais se encontrariam, no entanto não teriam se encontrado naquela noite? Ao contemplá-los na vaga iluminação, Chieko sentiu aflorarem as lágrimas.

Takichiro também notou que alguma coisa acontecera com Chieko. Lançava-lhe olhares vez ou outra.

Ela se levantou com delicadeza e se retirou ao aposento do segundo andar. No cômodo habitual onde se deitava, fora arrumado o leito para o visitante. Do armário embutido pegou o travesseiro, e se enfiou no leito preparado no quarto contíguo.

A fim de que não escutassem seus soluços, comprimia o rosto no travesseiro, agarrando suas extremidades.

Shige subiu até lá e logo notou o travesseiro molhado.

— Pegue este. Venho mais tarde. — Substituiu aquele por um outro e já ia descer. Parou no alto da escada e virou-se um instante para Chieko, mas nada disse.

O aposento tinha espaço suficiente para estender três leitos, mas só havia dois. Um era o de Chieko. Tudo indicava que a mãe pretendia dormir junto dela.

Colocados aos pés dos leitos, apenas dois lençóis de verão, de linho, dobrados. Um para a mãe e outro para Chieko.

Shige mandara estender os acolchoados da filha em vez dos seus. Podia ser um fato insignificante, mas Chieko sentiu naquele gesto o cuidado carinhoso da mãe.

As lágrimas então cessaram. Sentia-se agora mais tranquila.

Ela era filha daquela casa, pensou.

Era mais do que evidente. Mas tinha ficado muito perturbada pelo encontro repentino com Naeko, e mal conseguira conter as emoções.

Levantou-se, sentou diante do espelho da penteadeira e analisou seu rosto. Pensou em aplicar uma maquiagem leve, só para disfarçar, mas mudou de ideia. Pegou um frasco de perfume e aspergiu um pouco no leito. Depois ajeitou o obi estreito do quimono de dormir.

No entanto, não conseguia conciliar o sono.

Teria sido fria com aquela menina chamada Naeko?

De olhos fechados, visualizava as belas montanhas dos cedros de Nakagawa.

Ao conversar com Naeko, conseguira, enfim, saber a respeito de seus pais verdadeiros.

Deveria contar aos pais? Ou seria melhor não fazê-lo?

Decerto, eles não sabiam onde Chieko nascera, nem quem eram os pais verdadeiros. Embora pensasse no fato de que eles já não viviam mais naquele mundo, não chorava.

Da cidade, vinham os sons do Festival Gion.

O visitante do andar térreo era um fabricante de tecidos de crepe de Nagahama, da região de Omi. Estava embriagado, falando alto, e os fragmentos da conversa chegavam até o andar superior da ala dos fundos, onde Chieko se encontrava deitada.

Ele dizia com insistência que o novo trajeto do desfile dos carros alegóricos — que ia da avenida Shijo à moderna e ampla Kawaramachi, depois dobrava para a avenida Oike, outrora uma estrada de refugiados durante a Segunda Grande Guerra, e que seguia até defronte a prefeitura, onde chegaram a construir uma arquibancada —, todas aquelas mudanças nele realizadas visavam promover o turismo.

Antes, o desfile passava pelas ruas estreitas típicas de Kyoto, chegando a danificar algumas casas, mas tinha sua atmosfera. Os moradores podiam receber os doces *chimaki*[45] do segundo andar de suas próprias residências. É o que se conta. Atualmente, são atirados ao público nas ruas.

Na avenida Shijo não havia problemas, mas quando se adentrava nas ruas estreitas era difícil avistar a parte inferior dos carros alegóricos. E aquilo fazia parte do encanto.

Takichiro defendia as mudanças dizendo, com sua fala mansa, que em avenidas largas podia-se ver o desfile por inteiro.

Naquele momento, o ruído das grandes rodas de madeira maciça dos carros alegóricos, dobrando uma esquina, parecia chegar aos ouvidos de Chieko.

Naquela noite, a visita dormiria no cômodo ao lado. Ela decidiu então que no dia seguinte contaria ao pai e à mãe tudo que ouvira de Naeko.

---

45. Bolinho de arroz (*mochi*) doce enrolado em folhas de bambu-anão.

Os cedros da aldeia de Kitayama eram todos administrados por pequenos empresários. Contudo, nem toda família era dona de terra. Pelo contrário, poucos o eram. Chieko cogitava se seus pais também teriam sido empregados de alguma família proprietária.

A própria Naeko dissera: "Estou trabalhando para..."

Tudo havia acontecido vinte anos antes. Chieko teria sido abandonada porque, na época, ter filhos gêmeos era considerado uma vergonha, além do que se acreditava na dificuldade de criá-los com saúde. Era possível que tivessem se preocupado também com os escassos rendimentos da família.

Chieko esquecera de perguntar três coisas a Naeko. Por que abandonaram a ela e não a irmã? Quando ocorrera o acidente do pai, sua queda do alto do cedro? Naeko dissera ser "recém-nascida" na época, no entanto... Havia dito também ter nascido na casa do avô materno, um lugar bem mais remoto do que a aldeia dos cedros. Nesse caso, qual seria o nome do lugar?

Aparentemente, Naeko teria achado que Chieko, a gêmea que fora abandonada, pertencia agora a uma classe distinta; por isso certamente não iria procurá-la. Se quisesse conversar com ela, Chieko teria de ir até Naeko no seu local de trabalho.

Contudo, ela achava que não poderia fazê-lo caso continuasse a manter segredo para seus pais.

Tempos antes, lera diversas vezes o célebre ensaio de Jiro Osaragi, *Fascínios de Kyoto*.

Lembrava-se de um trecho em particular: "As sobrepostas copas verdes de cedro reflorestado, donde se extrai a madeira de Kitayama, lembram os cúmulos, e a montanha inteira enfeitada por alegres e delicados troncos de pinheiro-vermelho parece entoar o cântico das árvores..."

Mais do que a música, mais do que os rumores do festival, vinham-lhe agitar o coração o som daquelas camadas de montanhas de linhas suaves e contínuas, e o cântico das árvores. Parecia ouvi-los através dos arco-íris muito frequentes em Kitayama...

A mágoa de Chieko estava atenuada. Talvez nem fosse mágoa. Podia ter sido apenas a surpresa, a perplexidade, a perturbação pelo encontro inesperado com Naeko. No entanto, para uma jovem, não deixaria de ser um destino digno de lágrimas.

Chieko se virou para o outro lado e, de olhos fechados, escutava as canções das montanhas.

Naeko ficara tão feliz, e ela tinha sido tão fria...

Mais tarde, o pai e a mãe subiram conduzindo o hóspede.

— Descanse bem — despediu-se dele o pai.

Após arrumar o quimono do hóspede, a mãe rumou para o aposento da família, e já ia começar a dobrar o quimono que o pai tinha despido.

— Mamãe, eu faço isso — disse Chieko.

— Ainda está acordada? — A mãe deixou a tarefa para Chieko, e se deitou. — Que cheirinho bom. É próprio de gente jovem — comentou alegremente.

Talvez por ter bebido bastante, o hóspede de Omi adormeceu logo. Ouvia-se seus roncos através dos *fusuma*.

— Shige — Takichiro chamou a esposa, que estava no leito ao lado. — Não achou que o senhor Arita quer nos ceder o filho?

— Para trabalhar na loja como funcionário?

— Não, para genro, casando-se com Chieko...
— Um assunto desses logo agora... Chieko nem dormiu ainda — interveio Shige, buscando calar o marido.
— Sei disso. Não faz mal que ela ouça.
— ...
— Creio que seja o segundo filho. Ele já esteve na nossa loja algumas vezes para tratar de negócios.
— Eu, para dizer a verdade, não gosto muito do senhor Arita — disse Shige em voz baixa, mas firme.

A música das montanhas desapareceu da mente de Chieko.

— Ouça, Chieko. — A mãe se virou para o lado dela.

Chieko abriu os olhos, mas não respondeu. O silêncio imperou por alguns instantes. Ela cruzou as pontas dos pés, colocando uma sobre a outra, e permaneceu imóvel.

— O senhor Arita tem interesse nessa loja. Estou quase certo disso — comentou Takichiro. — Além do mais, sabe muito bem que Chieko é bonita e ótima moça... Por conta de nossos negócios em comum, ele conhece bem a situação em que nos encontramos. É possível até que algum empregado nosso esteja passando informações para ele.

— ...

— Por mais bonita que Chieko seja, jamais imaginamos forçá-la a se casar em função dos nossos negócios, não é mesmo, Shige? Os deuses não nos perdoariam.

— Tem toda razão — concordou ela.

— A minha natureza é que não serve para essa loja.

— Papai, peço perdão por tê-lo feito levar o livro de Paul Klee para o mosteiro de Saga — desculpou-se Chieko, erguendo-se.

— Como? Mas isso é meu prazer! Algo que me conforta. Acabou tornando-se uma razão de viver. — Ele também inclinou a cabeça ligeiramente, em agradecimento. — Sei que não tenho o dom da criatividade...

— Papai!

— Chieko, o que acha de vendermos esse atacado e nos mudarmos para uma casa bem pequena, quem sabe aqui em Nishijin, ou mesmo num lugar mais sossegado, como nas imediações de Nanzenji ou Okazaki, e passarmos a trabalhar nós dois na criação dos desenhos dos quimonos e obis? Conseguiria suportar uma vida pobre?

— Pobre? Não me importo nem um pouco...

— Está bem.

O pai não falou mais nada e pareceu adormecer em seguida. Chieko não conseguia pegar no sono.

No entanto, na manhã seguinte, ela levantou cedo, varreu a rua defronte à loja e passou pano nas grades e no tablado.

O Festival Gion continuava.

No dia 18, a remontagem dos carros; no dia 23, o *Yoiyama* da Segunda Festa e a Festa dos Biombos; no dia 24, o segundo desfile dos carros alegóricos, e depois disso havia a Oferenda de Kyogen; no dia 28, a lavagem dos andores; e, retornando ao Yasakajinja, no dia 29, a Festa do Relato, noticiando o sucesso dos eventos sagrados e o fim das festividades.[46]

Alguns carros percorriam as ruas do bairro Teramachi.

Chieko passou os dias do festival, que durava quase um mês inteiro, com o coração um tanto agitado. Por diversos motivos.

---

46. Atualmente, o calendário dos eventos do Festival Gion está bastante diferente em comparação ao da década de 1960.

As cores de outono

Uma das relíquias que preservava a memória da "Abertura para a civilização" da era Meiji estava para ser retirada de circulação. Tratava-se do bonde da linha Kitano, que percorria a rua Horikawa, o trem elétrico mais antigo do Japão.

A velha capital milenar é também conhecida por adotar algumas inovações do Ocidente, antecipando-se às demais metrópoles como Tóquio e Osaka. Mais uma característica das pessoas de Kyoto, talvez.

Por outro lado, continuar utilizando até então aquele antigo e decrépito bondinho "trin-trin" constituía também outra das características dessa "velha capital". O vagão era realmente pequeno. Os joelhos dos passageiros sentados frente a frente quase se tocavam.

Uma vez decidida a extinção do bondinho, porém, as pessoas começaram a manifestar o apego que tinham por ele. Enfeitaram-no com flores artificiais, nomeando-o "bonde florido", e nele passaram a ser transportados homens e mulheres vestidos com trajes da distante era Meiji. O fato foi amplamente divulgado. Teria sido mais uma "festa"?

Por alguns dias, o velho bonde andou lotado de passageiros que não tinham necessidade nenhuma de utilizá-lo. Algumas mulheres usavam sombrinha. Era julho.

O verão de Kyoto é castigado por um sol muito mais forte do que o de Tóquio, onde, de fato, raramente se vê nos dias atuais alguém andando com sombrinha.

Quando Takichiro estava para embarcar no tal bonde florido em frente à estação Kyoto, uma mulher de meia-idade, escondida atrás das pessoas, procurava conter o riso. Ora, ele tinha também, por assim dizer, qualificação para pertencer à era Meiji.

No momento em que subia ao bonde, Takichiro notou a presença da mulher e disse um pouco embaraçado:

— Mas, como? A senhora não tem qualificação para ser da era Meiji, tem?

— Não, eu nasci um pouco depois, mas moro nas imediações da linha Kitano, senhor!

— Ah, bom — disse Takichiro.

— Ah, bom! Como me soa frio... Mesmo assim, o senhor se lembrou, não é?

— Está com uma menina muito bonitinha. Onde a esconde?

— Que tolice! Sabe muito bem que não é minha filha.

— Quanto a isso, não sei, não. Mulher é mulher...

— O que quer dizer? Isso é coisa de cavalheiros!

A garota que acompanhava a mulher tinha a tez alva, e era realmente muito graciosa. Devia ter quatorze ou quinze anos. Vestia um *yukata*, apertado na cintura por um estreito obi vermelho. Encabulada, sentou-se ao lado da mulher, como se quisesse esconder-se de Takichiro, e cerrou os lábios com firmeza.

Takichiro puxou bem de leve a manga da mulher.

— Chii-chan, sente-se no meio de nós — ordenou a mulher para a menina.

Durante algum tempo os três se mantiveram calados, até que a mulher sussurrou algo no ouvido de Takichiro, por cima da cabeça da garota.

— Imagino que seria ótimo colocar esta menina como *maiko*[47] de Gion.

— De onde ela é?

— De uma casa de chá perto da minha.

— É mesmo?

— Alguns vão pensar que ela é minha filha com o senhor, sabe? — disse a mulher num tom de voz quase inaudível.

— Que bobagem!

A mulher era a dona de uma casa de chá de Kamishichiken.

— Por favor, venha um dia até o santuário Tenjin, de Kitano, deixe-se atrair pela menina...

Takichiro sabia tratar-se de uma brincadeira da madame, mas perguntou à garota:

— Quantos anos tem?

— Estou no primeiro ano do curso ginasial.

— Hum — murmurou, encarando-a longamente. — Bem, espero que tenhamos uma oportunidade, talvez no outro mundo, ou quem sabe, na próxima encarnação.

Como crescera no bairro das diversões, a menina parecia compreender o significado das palavras de Takichiro, mesmo que vagamente.

— Por que terei de ir até o santuário Tenjin atraído por ela? A menina por acaso é a reencarnação do deus Tenjin? — gracejou Takichiro com a madame.

---

47. Aprendiz de gueixa, típica de Kyoto.

— Sim, senhor! É isso mesmo!

— Mas Tenjin é um deus varão...

— Reencarnou em forma de mulher — devolveu a madame, fingindo estar séria. — Se renascesse homem, sofreria outra vez no exílio.[48]

Takichiro perguntou, mal contendo o riso:

— E sendo mulher?

— Bem, pois é! Sendo mulher, vai ser amada por algum cavalheiro.

— Mesmo?

A beleza da menina era incontestável. O cabelo de corte reto tinha um brilho negro. As pálpebras com uma dobra em risco eram realmente bonitas.

— É filha única?

— Tem duas irmãs mais velhas. Na próxima primavera, a primogênita vai concluir o curso ginasial e é possível que se apresente como *maiko*.

— É bonita como esta?

— Parecida, mas não chega a ser como ela.

— ...

Em Kamishichiken não há mais *maiko*. Mesmo que alguém queira se tornar uma, é preciso concluir o curso ginasial para obter a permissão da prefeitura.

Como o próprio nome diz, Kamishichiken era originalmente o bairro em que havia sete casas de chá, mas Takichiro sabia que naquele momento já existiam cerca de vinte.

---

48. O autor está se referindo a Sugawarano Michizane (845-903), estadista, poeta e calígrafo, que foi ministro na corte do imperador Daigo. Vítima de falsa acusação, foi exilado em Dazaifu, Kyushu, onde morreu. Mais tarde, foi consagrado deus Tenjin.

Antigamente, ainda que num passado não tão remoto, Takichiro costumava se divertir em Kamishichiken com os tecelões de Nishijin e os clientes provindos do interior. Vieram-lhe à memória imagens das mulheres que conhecera naquele tempo. Os negócios dele eram então prósperos.

— Também é curiosa, madame. Andar num bonde como este... — disse Takichiro.

— É importante que o ser humano seja capaz de sentir pesar pelas coisas que passam — replicou a madame. — Nosso negócio, então, é não esquecer os clientes do passado...

— ...

— Além disso, hoje, viemos para nos despedir de um cliente na estação. E este bonde me leva para casa... Mais estranho é o senhor, que tomou o bonde sozinho...

— É verdade. Por que será? Já teria sido suficiente contemplar o bonde-florido. — Takichiro pendeu a cabeça para o lado. — Saudades do passado, talvez? Ou, quem sabe, a solidão do momento...

— Solidão... Ainda não está na idade de dizer tais coisas! Venha conosco. Mesmo que seja só para ver as meninas...

Tudo indicava que a madame pretendia levá-lo até Kamishichiken.

No santuário Kitanojinja, Takichiro seguiu a madame, que se encaminhou ao altar. Ela orou demoradamente. A garota também inclinou a cabeça.

— Por hoje, deixe Chii-chan ir, por favor — pediu a madame ao voltar para junto dele.

— Está bem.

— Chii-chan, pode ir.
— Obrigada — agradeceu a garota a ambos. À medida que ela se afastava, seu andar foi se tornando o de uma ginasial comum.
— Pelo jeito, gostou muito da pequena — comentou a madame. — Mais dois ou três anos e ela se apresentará. Aguarde, portanto. Já é uma menina muito bonita e bastante precoce.

Takichiro nada respondeu. Pensava visitar os recantos do amplo jardim do santuário, já que se deslocara até ali. No entanto, a tarde estava quente demais.

— Deixe-me descansar um pouco na sua casa. Fiquei cansado.
— Pois não, pois não. Eu já esperava recebê-lo desde o começo — disse a madame. — Faz tempo que o senhor não aparece.

Uma vez na casa de chá de aparência um tanto antiquada, ela tratou de cumprimentá-lo formalmente.

— Seja bem-vindo, senhor. Realmente, o que fez durante todo esse tempo? Sempre falamos do senhor. Deite-se para descansar — acrescentou. — Mandarei trazer um travesseiro. Ah, disse que se sente solitário. Que tal uma companheira para conversar? Uma bem tranquila?
— Não quero saber daquelas conhecidas de outrora.

Takichiro cochilava no momento em que uma jovem gueixa se apresentou. Por algum tempo, ela ficou ali, sentada em silêncio. Seria um cliente de difícil trato, já que não o conhecia. Takichiro continuou pouco disposto, e não colaborava para animar a conversa. Talvez, para tentar distraí-lo, ela tenha contado que em dois anos, desde que se tornara gueixa, havia gostado de quarenta e sete homens.

— É o mesmo número que os samurais fiéis de Akou[49] — explicou ela. — Alguns desses clientes tinham mais de quarenta ou cinquenta anos. Recordando agora, até parece engraçado... Minhas colegas riem de mim, dizendo que isso não passa de minha imaginação.

Takichiro já estava bem acordado.

— E agora? — perguntou ele.

— No momento? Um só!

A essa altura, a madame tinha retornado à sala.

A gueixa aparentava ter cerca de vinte anos, será mesmo que lembrava dos quarenta e sete homens com quem sequer tivera contato muito íntimo? Takichiro duvidava.

Ela contou que, no seu terceiro dia como gueixa, foi conduzir ao banheiro um cliente com quem não simpatizava e, inesperadamente, ele a beijou na boca. Ela mordeu-lhe a língua.

— Sangrou?

— Oh, sim! Muito. O cliente ficou furioso e exigiu que lhe pagasse o médico. Eu chorei, foi uma confusão e tanto. Mas quem provocou tudo foi ele mesmo, não acha? O nome dele eu já esqueci.

— Hum. — Takichiro analisou o rosto da gueixa, admirado de como aquela mulher de uma beleza típica de Kyoto, com traços suaves, corpo delgado e ombros delicados, que na época teria dezoito ou dezenove anos, teve a reação instantânea de morder com força a língua do homem.

---

49. No original, Akou 47 *gishi*: refere-se aos 47 vassalos de um suserano da região de Akou (perto de Kobe) que vingaram a morte do seu senhor. O episódio foi retomado em várias versões teatrais, literárias e cinematográficas.

— Mostre-me os dentes — ordenou Takichiro à jovem gueixa.

— Dentes? Os meus dentes? O senhor já viu enquanto eu falava.

— Quero ver melhor. Faça "iiii..."

— Ah, não! Tenho vergonha. — A gueixa fechou a boca.

— Que antipático, o senhor! Assim não vou poder nem falar!

Em sua boca graciosa, havia pequenos dentes brancos.

— Deve ter quebrado os dentes e colocou uma prótese — gracejou Takichiro.

— Mas a língua era macia! — comentou descuidada, e ao se dar conta do que dissera, exclamou: — Que horror! — e escondeu o rosto atrás das costas da madame.

Dali a pouco, Takichiro sugeriu à madame:

— Já que vim até aqui, vou passar nos Nakazato.

— Pois não. Os Nakazato ficarão contentes. Permita-me acompanhá-lo? — A madame se levantou. Sem dúvida, fora se ajeitar um pouco à frente do espelho.

A casa de chá Nakazato conservava a fachada de antigamente, mas seu interior havia sido reformado.

Mais uma gueixa surgiu, e Takichiro permaneceu ali até depois do jantar.

Nesse meio tempo, Hideo fez uma visita à loja dos Sada. Chegou procurando pela senhorita da casa, e Chieko, atendendo ao seu chamado, foi ter com ele na entrada da loja.

— Fiz uns desenhos para o obi, conforme havia lhe prometido no Festival Gion. Vim para submetê-los à sua avaliação — disse Hideo.

— Chieko — chamou a mãe —, leve-o até a sala dos fundos!

— Sim, mamãe.

Na sala aberta ao jardim interno, Hideo mostrou os desenhos a Chieko. Fizera dois. Um de crisântemos, com folhas inteiramente estilizadas e originais, quase irreconhecíveis, e outro, de bordo.

— Maravilhosos! — Chieko contemplava-os com deleite.

— Fico muito feliz que lhe tenham agradado — disse Hideo. — Qual deles acha que devo tecer?

— Bem... O de crisântemo poderia ser usado o ano todo.

— Então, posso tecê-lo?

— ...

Chieko abaixou a cabeça e seu rosto ficou melancólico.

— Os dois são excelentes, mas... — disse ela hesitante. — Não poderia desenhar um com montanhas de cedros e pinheiros-vermelhos?

— Montanhas de cedros e pinheiros-vermelhos? Parece difícil, mas posso tentar. — Hideo olhou intrigado para ela.

— Perdoe-me, Hideo.

— Perdoar o quê?

— Bem... — Chieko não sabia como abordar o assunto, mas criou coragem. — Na noite do festival, aquela moça que encontrou na ponte de Shijo e a quem prometeu fazer um obi, então... Não era eu, mas uma outra pessoa.

Hideo não conseguia pronunciar uma palavra sequer. Relutava em acreditar. A expressão de seu rosto era a de quem perdera todo o ânimo. Era para Chieko que ele vinha se empenhando em criar o desenho. Estaria ela recusando-o definitivamente?

No entanto, se aquela era sua intenção, as palavras e a atitude de Chieko não foram convincentes. Hideo recuperou um pouco de seu temperamento impetuoso.

— Está me dizendo que encontrei o fantasma da senhorita? Que estive falando com ele? No Festival Gion eles costumam aparecer? — Mas Hideo deixou de mencionar: "O fantasma da minha amada."

O semblante de Chieko ficou tenso.

— Hideo, a pessoa com quem esteve conversando é minha irmã.

— ...

— Minha irmã.

— ...

— Eu mesma a encontrei pela primeira vez naquela noite.

— ...

— Ainda não falei dela nem para meu pai nem para minha mãe.

— Como assim? — Hideo estava surpreso. Não compreendia.

— Conhece a aldeia de madeiras de Kitayama, não? Ela trabalha lá.

— Que coisa extraordinária!

Era tão inesperado que Hideo foi incapaz de continuar.

— Conhece o bairro de Nakagawa? — perguntou Chieko.

— Sim, passei por lá de ônibus uma vez...

— Faça-me o favor de presenteá-la com um obi de sua autoria.

— Bem...

— Faça-me esse favor!

— Sim, senhorita — acatou ele, embora ainda incrédulo.
— Foi por isso que falou do desenho de montanhas de cedros e pinheiros-vermelhos?
Chieko assentiu.
— Está bem. Mas não estariam por demais ligados à realidade do cotidiano dela?
— Quanto a isso, depende de sua criatividade, não?
— ...
— Estou certa de que ela guardará seu obi por toda a vida. Chama-se Naeko e é trabalhadora, pois não é filha de um proprietário de terra. Ela é muito, muito mais madura do que eu...
— Em se tratando de um pedido da senhorita, farei o trabalho com toda dedicação — disse Hideo, embora ainda perplexo.
— Volto a dizer, ela se chama Naeko.
— Entendi. Mas por que se parece tanto com a senhorita?
— Porque somos irmãs...
— Mesmo assim...
Chieko ainda não contara que eram gêmeas.
Como Naeko estivesse usando um quimono casual próprio para as festas de verão, não seria somente por descuido que Hideo, sob a iluminação noturna, a tivesse confundido com Chieko.

Era uma loja espaçosa e comprida, com belas portas gradeadas em xadrez ocupando toda a largura da frente, e sobrepondo-se a elas, grades externas de madeira providas também de tablados. É possível que tudo isso compusesse um estilo já ultrapassado. Indiscutivelmente, porém, tratava-se de uma imponente loja atacadista de tecidos para quimono, bem ao estilo tradicional de Kyoto. Hideo continuava não compreendendo como a filha daquela casa e a moça que trabalhava como empregada numa madeireira de Kitayama poderiam ser irmãs. Contudo, sabia que não devia se intrometer num assunto que parecia ser tão íntimo.

— Quando terminar, devo trazê-lo para a senhorita? — perguntou Hideo.

— Bem... — Chieko pensou um pouco. — Poderia entregar para Naeko diretamente?

— Sem dúvida.

— Ah, então faça-me esse favor! — Uma intensa emoção transparecia nesse seu pedido. — É um lugar distante, mas...

— Distante, sim, mas não demais.

— Imagino que Naeko ficará bem feliz.

— E ela aceitará? — A dúvida de Hideo era natural. Naeko poderia ficar assustada.

— Eu explicarei a ela antes.

— Bem, nesse caso prometo que lhe entregarei o obi, mas como se chama a família da casa em que ela está?

Chieko ainda não sabia.

— Da casa onde mora Naeko?

— Sim.

— Eu lhe avisarei por telefone ou carta.

— Está bem, então — disse Hideo. — Vou levá-lo quando acabar. É como se existissem duas senhoritas Chieko. Farei esse obi como se fosse seu, darei tudo de mim.

— Obrigada — Chieko inclinou a cabeça. — É um grande favor que me faz. Deve achar estranho, não?

— ...

— Mas Hideo, por favor, não faça o obi para mim! Faça-o para Naeko.

— Compreendo, senhorita.

Hideo deixou a loja pouco depois, mas continuava perplexo, como se envolto em um mistério. Apesar disso, sua mente começou a trabalhar, imaginando o desenho do obi. As montanhas de pinheiros-vermelhos e cedros ficariam discretas demais para Chieko, a não ser que fizesse algo bem mais ousado. Para ele, ainda tratava-se do obi de Chieko. Mas como era para a garota chamada Naeko, deveria evitar que fosse algo muito ligado ao cotidiano do trabalho dela, como dissera para Chieko.

Pensou em passar mais uma vez sobre a ponte de Shijo, onde encontrara "Naeko que era Chieko" ou "Chieko que era Naeko". Contudo, o sol do meio-dia estava quente demais. Encostado na balaustrada do começo da ponte, fechou os olhos: procurou ouvir não os ruídos das pessoas e o estrondo dos trens, mas o leve murmúrio das águas do rio.

Chieko não viu o Daimonji daquele ano. Até a mãe fora em companhia do pai, o que raramente acontecia, e ela ficou sozinha em casa.

O pai tinha alugado, em sociedade com dois ou três amigos atacadistas, uma sala com balcão numa casa de chá na rua Kiyamachi, lado sul da quadra de Nijo.

O Daimonji de 16 de agosto é, na realidade, a queima de fogos que marca o encerramento da celebração do Bon.[50]

---

50. Abreviação de Urabon-e, finado budista celebrado em meados de julho ou agosto, conforme a região. Acredita-se que durante o Bon, as almas dos falecidos retornam do além para suas casas de origem.

Conta-se que, antigamente, o costume era lançar, à noite, tochas acesas aos céus para se despedir das almas que retornam ao além; só mais tarde passou-se a queimar fogueiras nas encostas das montanhas. "Daimonji" na realidade é um gigantesco ideograma "dai" (grande), construído na encosta de Nyoigadake, em Higashiyama. Mas na mesma noite acontece a queima em mais quatro montanhas ao todo. Os fogos são acesos um após o outro: o "Daimonji da Esquerda", no monte Ôkitayama, próximo ao templo Kinkakuji; o "Myoho", nas montanhas de Matsugasakiyama; o "Funagata (forma de barco)", no Myôkenzan, de Nishigamo; e o "Toriigata (forma de *torii*)", no monte Mandarayama, de Kamisaga. Durante os quarenta minutos de queima, os néons e os luminosos publicitários da cidade de Kyoto permanecem apagados.

Chieko podia perceber a chegada do outono nas montanhas iluminadas pela queima de fogos e na coloração do céu noturno.

Uma quinzena antes do Daimonji, na véspera do primeiro dia do outono, havia a celebração da "Passagem do Verão" no santuário Shimogamojinja.

Chieko costumava reunir-se com algumas amigas e subir no dique do rio Kamogawa para também assistir ao Daimonji da Esquerda.

Acostumara-se a vê-lo desde criança, mas a emoção de sentir que mais uma vez "chegara o tempo do Daimonji..." foi tornando-se mais intensa à medida que vivia os dias de sua juventude.

Chieko foi até a rua e pôs-se a brincar com as crianças vizinhas junto ao tablado defronte à loja. Os pequenos pareciam não dar nenhuma atenção ao Daimonji, mais interessados que estavam nos pequenos fogos de artifício.

Ela, entretanto, sentia uma tristeza especial no Bon daquele verão. Tinha encontrado Naeko no Festival Gion e soubera que tanto o pai como a mãe verdadeiros morreram havia muito tempo.

Era isso o que ela faria, procurar Naeko no dia seguinte, pensou Chieko. Precisava falar com ela sobre o obi que Hideo confeccionaria...

Na tarde seguinte, saiu de casa vestida com um quimono discreto. Ainda não vira Naeko à luz do dia.

Desceu do ônibus na Cascata de Bodai.

Parecia ser uma época atarefada para a comunidade de Kitayama. Logo adiante, homens descascavam troncos de cedro, as cascas espalhadas ao redor formando uma pilha enorme.

Chieko caminhava um tanto insegura, mas logo Naeko veio correndo ao seu encontro.

— Senhorita Chieko, que bom que veio! Realmente, realmente muito bom...

— Podemos? — perguntou Chieko ao notar Naeko em roupa de trabalho.

— Sim. Já fui liberada por hoje. Vi a senhorita chegando... — Ela estava ofegante. — Vamos conversar no bosque de cedro. Lá ninguém nos verá — disse Naeko, puxando Chieko pela manga.

Parecendo feliz e ansiosa, Naeko tirou o avental e estendeu-o sobre a terra. Era um avental de algodão de Tamba que cobria até as costas, por isso, largo o suficiente para as duas sentarem lado a lado sobre ele.

— Por favor, sente-se — convidou Naeko.
— Obrigada.
Naeko tirou a toalhinha de algodão leve que cobria sua cabeça e passou os dedos no cabelo para ajeitá-lo.
— Que bom ter vindo, realmente. Estou tão feliz, tão feliz... — afirmou ela, fitando Chieko com os olhos brilhantes.
O cheiro da terra, o cheiro das árvores, enfim, os odores das montanhas dos cedros eram fortes.
— Ficando aqui, não podem nos ver lá de baixo — disse Naeko.
— Adoro os cedros, tão bonitos. Venho admirá-los de vez em quando, mas entrar no bosque, é a primeira vez.
— Chieko olhava ao seu redor. Um grande número deles, de quase o mesmo diâmetro, crescia à sua volta.
— São os cedros feitos pelos homens — explicou Naeko.
— Como?
— Estes têm cerca de quarenta anos. Logo serão derrubados e transformados em pilares de alguma casa. Se os deixássemos assim, não viveriam até mil anos, ficando com os troncos grossos e raízes enormes? Às vezes chego a pensar desse modo. Gosto mais de florestas naturais. A nossa aldeia, por assim dizer, está preparando flores para o corte...
— Como assim?
— Se no mundo não existíssemos nós, humanos, não existiria a cidade de Kyoto e, em vez disso, haveria bosques naturais ou campos cobertos de capins. Aqui onde estamos não teria sido território de cervos e javalis? Por que surgiu o homem no mundo? O ser humano é uma criatura terrível, não acha?

— Naeko, você pensa isso mesmo? — Chieko estava surpresa.

— Sim, às vezes...

— Não gosta dos seres humanos?

— Eu os amo muito, mas... — respondeu Naeko. — Não há nada que eu ame mais, mas se não existissem sobre a terra, como teria ficado tudo? Às vezes, cochilo no meio do bosque, e de repente, me ocorre esse tipo de pensamento...

— Não seria uma tendência depressiva escondida no seu coração?

— Eu detesto as pessoas depressivas! Todos os dias me são alegres, muito alegres, enquanto trabalho. Mesmo assim, o ser humano...

— ...

Subitamente, o bosque onde estavam as duas jovens escureceu.

— É um temporal — afirmou Naeko.

A chuva retida nas folhas dos cedros começou a cair em grandes gotas. Violentos trovões começaram a ressoar.

— Que horror, tenho medo! — Pálida, Chieko apertava a mão de Naeko.

— Senhorita Chieko, dobre os joelhos e abrace as pernas — ao dizê-lo, Naeko debruçou-se sobre ela, abraçando-a e cobrindo-a quase inteiramente.

O trovejar tornava-se cada vez mais terrível, já não havia intervalo entre o relâmpago e o trovão. Estrondos pareciam rasgar as encostas das montanhas.

Eles se aproximavam, retumbando exatamente sobre as jovens.

Nas encostas, a cada relampejo, as copas dos cedros agitavam-se na chuva como labaredas. O clarão atingia o solo e iluminava os troncos ao redor das duas. Belos e aprumados, naqueles instantes mostravam-se ameaçadores. Mal tinham tempo de pensar nisso, e lá vinha o ressoar do trovão.

— Naeko, parece que o raio vai cair sobre nós! — Chieko encolhia-se ainda mais.

— É possível que caia, mas não sobre nós! — dizia Naeko com firmeza. — Não vai cair, não!

Então, cobria-lhe ainda mais com o próprio corpo.

— Senhorita, seus cabelos estão um pouco molhados.

— Enxugou com a toalhinha os da parte de trás, dobrou-a e colocou sobre a cabeça de Chieko.

— Algumas gotas de chuva podem até passar, mas os raios jamais cairão sobre a senhorita, nem perto de nós!

Chieko, que era de natureza forte, sentia-se um pouco reconfortada com a voz animadora de Naeko.

— Obrigada, muito obrigada! — agradeceu. — Enquanto esteve aí a me proteger, acabou ficando completamente encharcada.

— Não tem nenhuma importância, estou com roupa de trabalho — replicou Naeko. — Sinto-me tão feliz!

— Isso que brilha na sua cintura, o que é? — perguntou Chieko.

— Oh, tinha me esquecido! É uma foice! Estava com ela descascando os troncos na beira da estrada quando vim correndo ao seu encontro.

Como só então notasse a foice, Naeko jogou-a ao longe, dizendo:

— É perigoso!

Era uma foice pequena, desprovida de cabo de madeira.

— Vou apanhá-la na volta. Se bem que não tenho vontade de voltar...

Sobre elas, a trovoada parecia se afastar.

Chieko podia sentir claramente o modo como Naeko a cobria com seu próprio corpo.

Apesar do verão, a chuva gelava as pontas das mãos, mas o calor de Naeko, que lhe cobria desde a nuca até os pés, espalhava-se pelo corpo de Chieko. Penetrava-lhe até as profundidades. Era uma ternura íntima, impossível de se expressar em palavras. Sentindo-se feliz, Chieko manteve os olhos fechados por algum tempo.

— Estou-lhe muito grata, Naeko, muito obrigada — tornou a agradecer. — Quando estávamos na barriga de nossa mãe, será que me protegia assim também?

— Nada disso! Acho que nos empurrávamos e trocávamos pontapés.

— É possível. — E Chieko riu, sentindo uma intimidade fraterna.

O temporal se distanciava juntamente com as trovoadas.

— Muito obrigada, Naeko. Por tudo. Acho que já passou, não? — Chieko se mexeu por debaixo dela, como se preparasse para se levantar.

— Creio que sim. Mas fique mais um pouco como está. Ainda caem gotas das folhas dos cedros... — Naeko continuou a cobri-la. Chieko passou a mão nas costas dela.

— Está encharcada. Não sente frio?

— Estou acostumada, não é nada — disse Naeko. — Estou tão feliz pela sua vinda que meu corpo está ardendo todo por dentro. A senhorita também se molhou um pouco.

— Naeko, foi por aqui que nosso pai caiu do alto do cedro? — indagou Chieko.

— Não sei. Eu era um bebê.

— E a casa da nossa mãe? Nossos avós, como estão?

— Isso eu também não sei — respondeu Naeko.

— Mas não me disse que cresceu na casa deles?

— Por que essas perguntas agora? — a voz de Naeko soou severa, e Chieko engoliu as palavras. — Para a senhorita, essas pessoas não existem!

— ...

— Sinto-me feliz por ser aceita, pelo menos eu, como sua irmã. Sei que acabei falando demais no Festival Gion.

— Não falou demais. Fiquei contente.

— Eu também. Mesmo assim, não pretendo ir à sua loja, senhorita.

— Peço que venha. Ficará tudo bem, contarei aos meus pais...

— Pare, por favor! — interrompeu ela, firmemente. — Se estivesse em dificuldades como há pouco, eu daria a minha vida para protegê-la, mas... A senhorita me entende, não?

— ...

Chieko sentiu um calor no fundo das pálpebras, e então disse, mudando de assunto:

— Ouça, Naeko. Na noite do festival, foi confundida comigo e ficou embaraçada, não é mesmo?

— Ah, sim, refere-se àquele rapaz que falava do obi?

— Ele é um tecelão de Nishijin, fabricante de obis, uma pessoa bem séria. Disse que ia lhe tecer um...

— Porque me confundiu com a senhorita.

— Dia desses, ele foi me mostrar o desenho do tal obi e eu lhe contei que aquela não era eu, mas a minha irmã.

— Como?!

— Pedi a ele que tecesse um obi para a minha irmã, Naeko.

— Para mim?

— Pois ele lhe prometeu, não foi?

— Mas se enganou de pessoa...

— Ele já fez um para mim, por isso quero que também aceite um trabalho dele. Por favor! Seria um sinal de nossa irmandade.

— Por que eu? — Naeko estava surpresa.

— Foi uma promessa feita no Festival Gion, não? — indagou Chieko, com suavidade.

O corpo de Naeko, que protegia Chieko, enrijeceu um pouco e ela se manteve imóvel.

— Senhorita Chieko, quando estiver em dificuldades, farei qualquer coisa, até servir-lhe de substituta, mas ganhar alguma coisa no seu lugar, isso não! — replicou Naeko com firmeza. — É deprimente demais.

— Mas não é esse o caso!

— É sim.

Chieko procurava uma maneira de convencê-la.

— Mesmo sendo eu a lhe oferecer, não vai aceitar?

— ...

— Pedi a ele que o tecesse porque queria lhe dar um presente.

— Não foi bem isso. Na noite do festival, ele nos confundiu e disse que queria fazer um obi para a senhorita Chieko

— acrescentou Naeko, destacando as palavras. — Aquele moço da fábrica de obi, o tecelão, parece lhe ter grande admiração. Eu, que também trago comigo um pouco do sentimento de mulher, percebi muito bem.

Chieko dissimulou o encabulamento e indagou:

— Então, nesse caso, não vai aceitar?

— ...

— Eu contei a ele que é minha irmã...

— Eu o aceito, senhorita — concordou docilmente.

— Perdoe-me por ter dito bobagens.

— Ele levará o obi à sua casa. A propósito, na casa de quem está morando?

— Na da família Murase — respondeu Naeko. — Deve ser um obi finíssimo. Nem sei se terei oportunidade de usá-lo.

— O destino de uma pessoa é imprevisível, querida.

— Sim, isso é verdade — assentiu. — Não tenho a esperança de subir muito na vida, mas... Mesmo que não tenha a oportunidade de usar, vou guardá-lo como um tesouro.

— Na nossa loja não costumamos lidar muito com obis, mas vou procurar um quimono que combine com o que Hideo está lhe fazendo.

— ...

— Meu pai é um excêntrico e ultimamente anda desgostoso com os negócios. Uma loja atacadista como a nossa não pode vender apenas artigos da melhor qualidade. Há cada vez mais tecidos sintéticos e de lã...

Naeko voltou seu olhar para as altas copas dos cedros, levantou-se e se afastou da irmã.

— Ainda caem algumas gotas... Sinto muito pelo susto, senhorita.

— Oh, não! Estou muito agradecida.

— Senhorita, por que não ajuda um pouco na loja?

— Eu? — Chieko levantou-se como se tivesse tomado um choque.

As roupas de Naeko estavam encharcadas e coladas ao corpo.

Ela não acompanhou Chieko até a parada de ônibus. Não porque estivesse molhada, mas talvez para não chamar a atenção.

Quando Chieko chegou à loja, Shige preparava o lanche dos funcionários nos fundos da ala de chão batido.

— Ah, voltou! — disse ela.

— Sim, mamãe. Desculpe chegar tão tarde. E o papai?

— Está recolhido dentro da tenda que ele mesmo fez, meditando sobre alguma coisa. — A mãe analisava Chieko enquanto falava. — Por onde andou? O crepe do quimono está úmido e encolhido. Vá se trocar logo.

— Já vou. — Chieko encaminhou-se ao andar superior da ala dos fundos e, sentada, trocou o quimono vagarosamente. Quando desceu, a mãe já tinha terminado a distribuição do lanche das três da tarde aos empregados.

— Mamãe — a voz de Chieko tremia um pouco. — Gostaria de falar algo a sós com a senhora...

— Vamos para cima — assentiu Shige.

Lá chegando, Chieko se pôs a falar, um pouco nervosa.

— O temporal também passou por aqui?

— Temporal? Não. Mas certamente não é sobre isso que gostaria de falar, certo?

— Mamãe, eu estive na aldeia dos cedros de Kitayama.

Lá vive minha irmã... Mais velha ou mais nova, isso eu não sei. Mas o fato é que somos gêmeas. Nós nos encontramos no Festival Gion deste ano pela primeira vez. Soube que tanto meu pai como minha mãe verdadeiros morreram há muito tempo.

Naturalmente, a notícia era inesperada para Shige. Ela apenas fitava o rosto de Chieko.

— Aldeia dos cedros de Kitayama? Bom...

— Não posso fazer segredo para a senhora, mamãe. Só a encontrei duas vezes, no Festival Gion e hoje.

— Uma mocinha, então. E como ela vive, o que faz?

— Está empregada, trabalha para uma família da aldeia dos cedros. É uma moça muito boazinha, mas não quer vir aqui em nossa casa.

— Ah, é? — Shige ficou calada por um instante e depois disse: — Assim, está tudo esclarecido. E, então, quanto a você...

— Eu sou filha desta casa. Deixe-me continuar aqui como antes — falava ela com ansiedade.

— Mas é óbvio! É minha filha há vinte anos, Chieko.

— Mamãe... — Chieko apoiou o rosto no colo de Shige.

— Para dizer a verdade, desde o Festival Gion tenho notado que você, de vez em quando, parecia ficar com ar distante. Ia até perguntar se estava apaixonada por alguém.

— ...

— O que acha de trazer essa menina à nossa casa, depois que os empregados forem embora, à noite?

Chieko sacudiu de leve a cabeça ainda apoiada no colo da mãe.

— Ela não virá. Continua me chamando de senhorita...

— Então, está bem. — Shige acariciou os cabelos de Chieko. — Eu lhe agradeço por ter me contado. Ela se parece com você?

Alguns *suzumushi* começaram a cantar dentro do pote de Tamba.

O verde dos pinheiros

Quando foi informado de que havia uma casa à venda perto do templo Nanzenji, Takichiro convidou esposa e filha para irem vê-la, em um passeio, aproveitando o dia agradável de outono.

— Pensa em comprá-la? — perguntou Shige.

— Antes tenho de olhar. — E de repente, Takichiro ficou mal-humorado. — Disseram ser relativamente barata, mas é uma casa pequena.

— ...

— Vamos até lá nem que seja apenas pela caminhada. Poderá ser bom, não acha?

— Quanto a isso, sem dúvida, mas...

Shige se sentia inquieta. Estaria o marido pensando em comprar aquela casa? Será que depois se disporia a ir até a loja para trabalhar todos os dias? A exemplo do que ocorria nos bairros de Tóquio, como Ginza e Nihonbashi, crescia o número de proprietários atacadistas de Nakagyo que residiam em casas separadas dos negócios e se deslocavam diariamente às suas lojas. Se fosse esse o caso, não haveria problema, pensava Shige. Ainda que os negócios da loja de Takichiro estivessem em declínio, possuíam recursos suficientes para manter uma pequena moradia à parte.

Entretanto, não estaria Takichiro pensando em vender a loja e "aposentar-se" naquela pequena casa? Seria, de fato, mais sensato tomar a decisão o quanto antes, enquanto as finanças permitiam. Se fosse esse o caso, porém, o que o marido pretendia fazer, vivendo na pequena casa próxima ao Nanzenji? Ele já passara dos 55 anos, e Shige pretendia deixá-lo fazer o que quisesse. A loja poderia ser vendida por um valor considerável. Mesmo assim, não seria suficiente para a família viver apenas com os juros bancários. Se alguém pusesse o dinheiro a render para eles, poderiam levar uma vida mais folgada, mas de imediato Shige não se lembrava de ninguém a quem pudesse confiar tal tarefa.

Chieko compreendia as preocupações maternas, embora Shige não chegasse a dizer-lhe explicitamente. Ela era jovem, porém. O olhar que dirigia à mãe era de consolação.

Takichiro, por sua vez, estava alegre e parecia divertir-se.

— Papai, já que vamos para aqueles lados, poderíamos dar uma passada rápida na frente do Shoren'in? — pediu Chieko quando estavam no automóvel. — Só na frente do portão...

— É a canforeira, não é? Quer vê-la, hein?

— Sim. — Chieko admirou-se da boa percepção do pai.

— Ela mesma.

— Vamos, vamos — disse Takichiro. — Eu também, quando jovem, costumava sentar à sombra daquele pé gigante com os amigos, e passar horas conversando. Embora nenhum deles esteja mais em Kyoto.

— ...

— Todos aqueles lugares... Eu tenho muita saudade.

Por algum tempo, Chieko deixou que o pai mergulhasse nas recordações de sua juventude e depois disse:

— Eu também, desde que deixei o colégio, não vi mais aquela árvore à luz do dia. Papai, o senhor conhece o itinerário noturno dos ônibus turísticos de Kyoto? — continuou Chieko. — O Shoren'in é o único templo que faz parte do roteiro, e quando o ônibus chega, alguns bonzos vêm receber os visitantes com lanternas de papel nas mãos.

Os visitantes eram conduzidos pelas luzes das lanternas dos bonzos; o caminho até a entrada do pavilhão era de uma distância considerável. A sensação de encanto terminava ali, porém.
Segundo os folhetos explicativos dos ônibus turísticos, as monjas do Shoren'in recepcionavam os visitantes com chá verde, o *matcha*, preparado por elas. Contudo, nos últimos tempos os visitantes passaram a ser conduzidos ao salão.
— Está certo que oferecem o chá preparado à parte, mas são inúmeras pessoas a carregar enormes bandejas, com uma porção de tigelas de qualidade bem inferior, e distribuí-las às pressas — comentou Chieko rindo e acrescentando em seguida: — Pode ser que naquela ocasião algumas monjas estivessem presentes, mas era tanta a rapidez que nem consegui perceber. Foi uma decepção total! O chá inclusive estava morno...
— Isso é inevitável. Se o preparassem devidamente, levaria um tempo enorme — disse o pai.
— Sim, mas isso não foi nada. Iluminaram aquele jardim imenso com vários refletores, e então um bonzo se postou no centro e começou a dar uma palestra. Eram explicações sobre o Shoren'in, enfim, um discurso e tanto...
— ...

— Desde que entramos no recinto do templo, ouvimos o *koto*[51] o tempo todo, eu e minha amiga nos perguntávamos se aquilo realmente estaria sendo executado ao vivo ou se seria um toca-discos...

— Hum.

— Depois fomos ao Kaburenjo* ver as *maiko* de Gion, que exibiram duas ou três peças de dança. Mas que aprendizes eram aquelas?

— Por quê?

— Usavam devidamente os obis pendentes, mas os quimonos eram de causar dó.

— Não faço ideia...

— Depois de Gion, fomos para a Casa Kadoya, em Shimabara, a fim de assistir à representação de uma cortesã *tayu**. Os trajes das *tayu* deveriam ser autênticos. Os das pequenas aprendizes *kamuro*[52] também... No palco iluminado por uma vela de cem lux, ela fez uma apresentação, acho que se chama de "preparo de saquê", bem rapidamente, e depois disso foi apresentado um pouco do cortejo das *tayu* no corredor do saguão de entrada.

— Hum! Se conseguiu ver tudo isso, valeu a pena — disse Takichiro.

— Sim. A recepção de lanternas do Shoren'in e a visita à casa Kadoya, em Shimabara, foram ótimas — respondeu Chieko. — Acho que já contei essa história antes...

---

51. Longo instrumento musical de treze cordas, que se apoia no chão, cuja sonoridade é grave.
52. No universo das cortesãs, as kamuro são meninas de seis, sete anos, quando muito dez, que são aprendizes de cortesã e servem às cortesãs *tayu*. Depois, passam a ser *oshaku*, servindo saquê nos salões de banquete.

— Poderia me levar lá uma vez. Eu ainda não conheço a Kadoya, nem as *tayu* — comentou a mãe enquanto o carro estacionava em frente ao Shoren'in.

Por que Chieko teria desejado ver a canforeira? Seria por causa da caminhada na alameda do Jardim Botânico? Ou por que Naeko dissera gostar mais das grandes árvores naturais que dos cedros de Kitayama, pois estes eram cultivados?

Contudo, na entrada do Shoren'in não havia nenhuma outra árvore além das quatro canforeiras que sobressaíam por cima do muro de pedras. Entre elas, a que estava mais perto da entrada parecia ser a mais antiga.

Chieko e os pais pararam diante da velha canforeira e a contemplaram demoradamente sem nada dizer. Chieko sentiu uma espécie de força sinistra e sobrenatural provir daquela grande árvore, cujos galhos estranhamente retorcidos, alongados em todas as direções, entrecruzavam-se.

— Já basta, não? Vamos. — Takichiro começou a caminhar em direção ao templo Nanzenji.

Takichiro retirou da abertura do quimono uma folha de papel e procurou a localização da casa à venda.

— Chieko, também não sei muito sobre canforeiras, mas não seria uma árvore do sul, das regiões de clima ameno? Em lugares como Atami ou Kyushu elas crescem vigorosas. Esse daí é um pé antigo, mas não lhe parece um bonsai gigante?

— Sim, mas isso não seria próprio de Kyoto? As montanhas, os rios, as pessoas, tudo... — argumentou Chieko.

— É verdade — concordou o pai, balançando a cabeça, mas dizendo em seguida: — Se bem que nem todas as pessoas são assim.

— ...

— Tanto as pessoas de hoje quanto as personagens históricas...

— Sim, o senhor tem razão.

— Aplicando seu conceito, Chieko, o próprio Japão seria assim.

— ...

Chieko concordava inteiramente com o pai, que havia ampliado seu comentário, mas acrescentou:

— No entanto, papai, olhando bem aquela canforeira, com tanto tronco como galhos expandidos de forma estranha para todos os lados, até sinto medo. Não acha que essa árvore tem uma força poderosa?

— É verdade. Mas uma moça jovem ficar pensando nessas coisas? — O pai se virou para ver a árvore e depois se voltou para a filha, analisando-a. — Tem toda razão, Chieko. Até mesmo seus cabelos, que crescem com brilho negro... Acho que seu pai ficou um tanto obtuso. Estou ficando gagá. Sim, disse-me algo muito valioso.

— Papai! — disse Chieko com grande afeto.

Através do portal, podia-se avistar o jardim do templo Nanzenji, silencioso e amplo, onde, como sempre, havia poucas pessoas.

O pai consultou o mapa de localização do imóvel à venda e dobrou à esquerda. A casa parecia realmente pequena, e ficava no fundo de um terreno cercado por um alto muro de argila. Em ambos os lados do caminho, que conduzia do pequeno portão até o vestíbulo, as longas hastes floridas dos *hagi*[53] brancos pendiam das extensas moitas que cresciam abundantes.

— Que fantástico! — Takichiro parara em frente ao portão e contemplava encantado as flores. Já tinha perdido o interesse de visitar a casa à venda. Notara que na segunda residência vizinha, um pouco maior que aquela, funcionava um hotel-restaurante em estilo tradicional.

Entretanto, sentia-se relutante em deixar para trás a visão dos *hagi* brancos.

Takichiro estava surpreso com a mudança que ocorrera no espaço dos poucos anos que não ia àquelas imediações. Várias casas situadas na avenida defronte ao Nanzenji transformaram-se em hotéis-restaurantes, algumas tinham sido reformadas e tornaram-se grandes hotéis que atendiam grupos de turistas. Numa delas, estudantes vindos do interior entravam e saíam ruidosamente.

— O imóvel parece bom, mas não serve — resmungou Takichiro no portão da casa de *hagi* brancos. — Com o tempo, Kyoto inteira se transformará em hotéis-restaurantes, como aconteceu na região de Kodaiji... A região entre Osaka e Kyoto acabou virando uma zona industrial; nos bairros ocidentais de Kyoto ainda há terrenos disponíveis, mas mesmo não me importando com a distância de tudo, que garantia há de que um dia não vá surgir na vizinhança alguma construção toda moderna e esquisita? — indagou o pai, com expressão de desânimo.

---

53. Arbusto da família das leguminosas, nativo do Japão (*Lespedeza bicolor japonica*). Suas flores, que variam de bordô a branco, nascem em tufos ao longo das hastes finas e longas. São consideradas um símbolo do outono.

Takichiro parecia atraído pelos *hagi* brancos em longas fileiras. Depois de dar sete ou oito passos, retornou sozinho às suas flores e mais uma vez pôs-se a admirá-las.

Shige e Chieko aguardavam-no na rua.

— Como fizeram para florescer tanto? Teriam algum segredo? — indagou junto delas.— Mas ao menos deviam ter colocado suportes de taquara... Nos dias de chuva, deve ser impossível passar por esse caminho de pedra. Por certo fica encharcado devido às folhas molhadas de *hagi* — comentou o pai. — Imagino que o proprietário não pensava em vender a casa quando planejou cultivá-los a fim de que florissem em profusão neste outono. E, no entanto, aconteceu ter de vendê-la. Acabou por perder todo o interesse em cuidar das flores de *hagi*, mesmo que suas hastes viessem a ficar emaranhadas e caídas. Não teria sido desse modo?

As duas mantiveram-se caladas.

— Ou seja, os seres humanos são assim... — O semblante do pai nublou-se um pouco.

— Gosta tanto assim de *hagi*, papai? — perguntou Chieko, como se tentasse alegrá-lo. — Neste ano já não dá mais, mas para o próximo deixe-me pensar em uma estampa *komon*[54] de *hagi* para o senhor.

— *Hagi* é um motivo para quimono de mulher. Digamos, para um *yukata* de mulher.

— Minha proposta é fazer dele um motivo que não seja feminino, muito menos de *yukata*.

— Ah, é? O tecido com a estampa *komon* até parece quimono de baixo — disse, olhando para a filha. Depois,

---

54. Tingimento em seda com estampas bastante miúdas e uniformes. Técnica desenvolvida em Edo.

como se brincasse: — Seu pai vai lhe pedir permissão para desenhar uma canforeira em um quimono, ou um *haori*[55], para cobrir seu corpo. Será uma estampa fantasmagórica, espere e verá..

— ...

— Parece haver uma inversão entre a moda feminina e a masculina.

— Não, não se inverteu.

— Não poderá andar por aí vestindo quimonos com desenhos de canforeira de aspecto sombrio.

— Usarei, sim. E irei a todo lugar...

— Sério?

O pai abaixou a cabeça e parecia refletir.

— Chieko, não que eu goste apenas de flores de *hagi* branco, qualquer flor suscita uma emoção em mim, dependendo do momento e do local em que a vejo.

— Compreendo — respondeu Chieko. E então acrescentou: — Já que viemos até aqui, papai, por que não vamos até a Tatsumura, que fica perto?

— Aquela é uma loja mais para estrangeiros. O que acha, Shige?

— Já que Chieko quer... — respondeu Shige despreocupadamente.

— Está bem. Mas lá certamente não estão expostos os obis feitos por Tatsumura.

Era o bairro das mansões imponentes de Shimo-Kawaramachi.

Logo que entraram na loja, Chieko começou a analisar com grande interesse os tecidos de seda próprios para

---
55. Espécie de quimono curto usado como casaco.

vestidos, expostos ou empilhados em rolos à sua direita. Não eram produtos de Tatsumura, mas fabricados pela Indústria Kanebo.

— Também pretende usar vestidos? — indagou Shige, aproximando-se.

— Não, mamãe. Queria saber como eram as sedas preferidas pelos estrangeiros.

A mãe assentiu com a cabeça. Parou atrás da filha e, vez ou outra, estendia a mão e tocava os tecidos de seda.

Várias reproduções de padrões de tecidos antigos, principalmente os de Shosoin[56], estavam expostas na sala central e também nas paredes ao longo do corredor.

Eram os trabalhos de Tatsumura. Takichiro identificava todos eles. Visitara algumas de suas exposições, conhecia os originais ou já tinha visto os trabalhos em catálogos — dos quais ainda se lembrava bem, inclusive os nomes de cada peça. Contudo, não podia deixar de analisá-los demoradamente.

— Expomos estes para mostrar aos estrangeiros que no Japão também se produz tais tipos de tecidos — explicou um funcionário que conhecia Takichiro.

Da outra vez que lá estivera, ele tinha escutado a mesma explicação, mas mesmo assim assentiu com um balanço de cabeça como fizera antes.

— É admirável! Os antigos... Feito há mil anos, não? — observou ele, ao ver a reprodução de um tecido clássico chinês.

Não havia reproduções daqueles tecidos clássicos em dimensões maiores. Takichiro comprara para Shige e Chieko

---

56. Armazéns construídos em 752, transformados em museu. Conservam artigos raros da época.

algumas destinadas à confecção de obis femininos, mas aquela loja, voltada a clientes estrangeiros, não dispunha de nenhum obi para venda. Os artigos maiores, quando muito, eram centros de mesa.

No mostruário, miudezas como bolsas, carteiras, cigarreiras e guardanapos para a cerimônia do chá.

Takichiro adquiriu duas ou três gravatas, que não pareciam ser uma criação de Tatsumura, e uma carteira de *kikumomi*.[57] Esta última, originalmente criada como artesanato em papel por Koetsu* no tempo em que vivera em Takagamine, era denominada *kikumomi* graúdo. No entanto a reprodução dela em tecido era relativamente recente.

— Não estou certo de que lugar do nordeste, mas ainda hoje se produz algo semelhante com papel Japão, daqueles mais resistentes, não? — comentou Takichiro.

— Sim, senhor, certamente — respondeu o atendente da loja. — Mas não sei bem quanto à ligação com Koetsu.

Havia pequenos rádios transistorizados da Sony expostos no mostruário dos fundos, o que surpreendeu Takichiro e as mulheres. Ainda que fossem artigos consignados a fim de captar moedas estrangeiras...

Os três foram conduzidos à sala de visitas dos fundos da loja e recepcionados com chá. O funcionário contou-lhes que naquelas mesmas cadeiras haviam se sentado vários estrangeiros ilustres que foram conhecer o estabelecimento.

Fora da janela envidraçada, avistavam-se alguns cedros raros.

---

57. Trata-se de um padrão de tecido que lembra, pelos traços que se expandem a partir de um centro, as flores de crisântemo (*kiku*) com as pétalas finamente "amassadas" (*momi*).

— Que cedros seriam aqueles? — quis saber Takichiro.
— Não sei bem qual a espécie... Mas ouvi dizer que se chamam *koyozan*.
— Como se escreve?
— Bem, os jardineiros nem sempre conhecem a grafia em ideogramas, mas estou quase certo que se escreve "cedro de folhas largas". Parece ser da parte meridional do Japão, mais além de Honshu.
— E quanto à cor dos troncos?
— São musgos.

Como o pequeno rádio transistorizado começasse a tocar, os três se voltaram para trás e depararam com um jovem dando explicações a três ou quatro senhoras ocidentais.
— Oh, é o irmão de Shin'ichi! — Chieko se levantou.

Ryûsuke, o irmão mais velho de Shin'ichi, aproximou-se dela. Reverenciou em cumprimento os pais da jovem, sentados no sofá da sala de visitas.
— Está guiando aquelas senhoras? — perguntou Chieko.

Ao aproximarem-se um do outro, Chieko sentiu-se pressionada pela intensa força que emanava de Ryûsuke, tão diferente de Shin'ichi, com quem tinha mais camaradagem. Teve dificuldade de conversar com ele.
— Não propriamente. Um amigo meu que trabalhava de intérprete para elas acaba de perder a irmã mais nova, por isso estou a substituí-lo por três ou quatro dias.
— Oh! Uma irmã?
— Sim. Acho que ela era uns dois anos mais nova que Shin'ichi. Uma garota adorável...
— ...

— Como sabe, Shin'ichi não é muito fluente em inglês. Por isso, tinha de ser eu. Nem há necessidade de intérpretes nesta loja, mas... Além disso, elas são clientes daquele tipo que vêm a um lugar como este para comprar rádio transistorizado. Esposas de americanos hospedadas no Miyako Hotel.

— Ah, sim?

— Como o hotel fica perto daqui, resolvi trazê-las. Queria que apreciassem os tecidos de Tatsumura, mas se interessaram mais pelos radinhos. — Ryûsuke riu baixinho e acrescentou: — Mas isso não tem importância nenhuma.

— É a primeira vez que vejo rádios para vender nesta loja — disse Chieko.

— Rádio portátil ou seda, dólar é sempre dólar, não é mesmo?

— Sim, é verdade.

— Há pouco visitamos o jardim, e no pequeno lago havia muitas carpas coloridas. Fiquei preocupado pensando em como responderia caso fosse solicitado a dar-lhes explicações, mas ficaram apenas encantadas, repetindo: "Que lindo! Que lindo!" Foi um alívio. Não entendo quase nada de carpas coloridas. Não sei como explicar em inglês correto a diversidade de suas cores. Aquelas malhadas, então...

— ...

— Que tal irmos ver as carpas, Chieko?

— E as senhoras?

— É melhor deixá-las com os funcionários da loja; além do mais, daqui a pouco voltarão para o hotel, dada a hora do chá. Disseram que vão se juntar aos maridos e visitar Nara.

— Então vou avisar meu pai e minha mãe.
— Ah, sim. Eu também avisarei as senhoras. — Ryûsuke foi ter com as mulheres e pôs-se a falar alguma coisa com elas. Todas, em conjunto, olharam para Chieko. Ela sentiu o rosto corar.

Ryûsuke retornou logo e convidou Chieko a sair para o jardim.

Sentados à beira do lago, os dois permaneceram calados por algum tempo, contemplando as magníficas carpas coloridas.

— O *bantô* da sua loja, Chieko... Em se tratando de uma empresa, seria gerente ou supervisor? Não sei... Bem, não importa. Acho que deveria ter uma conversa séria com ele. Estou certo de que conseguirá. Se quiser, posso estar junto para dar-lhe apoio...

Era algo inesperado para Chieko. Ela sentiu o peito contrair, endurecido.

Chieko teve um sonho na noite em que retornou de Tatsumura. Estava acocorada à beira do pequeno lago, e carpas das mais diversas cores vinham se reunir junto a seus pés. Elas se sobrepunham umas às outras, saltavam e até colocavam as cabeças fora da água.

O sonho era apenas isso. Não passava de fatos que aconteceram naquela tarde. Quando ela colocara a mão na água, provocando um pouco de ondas, as carpas se aglomeraram daquele jeito. Chieko tinha ficado encantada, sentindo por elas um carinho indizível.

Ryûsuke, que estava a seu lado, parecia ter ficado mais admirado que ela...

— Que tipo de perfume, que espécie de aura emana de sua mão? — indagou ele.

Chieko ficou encabulada com a observação e se levantou:

— Devem ser carpas acostumadas com as pessoas.

Ryûsuke fitou-lhe longamente o perfil.

— Higashiyama está logo ali. — Ela tentava desviar o olhar do rapaz.

— Sim. Não acha que as cores mudaram um pouco? Parecem mais outonais... — devolveu Ryûsuke.

Ao despertar, ela não conseguia lembrar se Ryûsuke estivera por perto no sonho das carpas. Por algum tempo, teve dificuldade para voltar a dormir.

No dia seguinte, Chieko se sentia indecisa quanto a seguir o conselho de Ryûsuke de ter uma conversa séria com o *bantô*.

Ao se aproximar a hora de fechar a loja, Chieko sentou-se diante da mesa do contador. O espaço era cercado de baixas grades de madeira de aspecto antiquado. O *bantô* Uemura pareceu ter sentido o ar severo, pouco usual de Chieko, pois logo começou:

— Senhorita, aconteceu algo...

— Mostre-me alguns tecidos para quimono. São para mim.

— Para a senhorita? — Uemura pareceu visivelmente aliviado. — Vai usar um dos nossos? Seria para o Ano-Novo? Um quimono para passeio ou festas? Bem... Pensei que preferisse encomendar à tinturaria Okazaki, ou comprar na loja Eriman.

— Quero ver algumas de nossas tinturas de *yûzen*. Não é para o Ano-Novo.

— Pois não. Mas mesmo assim, não estou bem certo de que o que temos agora agradaria a senhorita, acostumada que está com artigos muito superiores.

Uemura se levantou, chamou dois empregados e sussurrou-lhes as ordens nos ouvidos. Logo, os três trouxeram cerca de dez rolos de tecido e rapidamente os estenderam no meio da sala.

— Este está bom. — A decisão de Chieko também foi rápida. — Poderia mandar fazer o quimono em cinco dias, no máximo uma semana? Quanto ao forro da barra e outros detalhes, deixo tudo por sua conta.

Uemura ficou um tanto surpreso.

— Um pouco em cima da hora, e como nossa casa é atacadista, quase nunca mandamos confeccionar quimonos... Mas está bem, senhorita.

Os empregados habilmente enrolaram os tecidos de volta.

— Aqui estão as minhas medidas. — Colocou uma folha de papel na mesa de Uemura, porém não fez menção de se levantar.

— Senhor Uemura, estou pensando em ir aprendendo os negócios de nossa loja. Conto com seu apoio — disse Chieko em voz mansa, inclinando levemente a cabeça.

— Sim, senhorita. — O rosto de Uemura ficou enrijecido.

Chieko falou calmamente.

— Pode ser amanhã, mas gostaria que me mostrasse os registros contábeis também.

— A contabilidade? — Uemura disfarçou um sorriso amargo. — Quer dizer que a senhorita vai conferi-la?

— Conferir? Não! Jamais pensei numa coisa dessas, está acima da minha compreensão. Mas acredito que sem dar uma olhada nos registros contábeis, não poderia compreender o tipo de negócios que temos.

— Ah, sim? É fácil dizer "contabilidade", mas ela envolve assuntos muito variados. Além disso, existe a delegacia fiscal.

— Quer dizer que temos uma contabilidade dupla?

— Nada disso, senhorita! Se acha que é possível fazer esse tipo de fraude, peço que a senhorita mesma a faça, a nossa é totalmente de acordo com a lei.

— Então por favor mostre-me amanhã, senhor Uemura — disse ela sem rodeios, e se levantou.

— Muito antes de a senhorita nascer, este Uemura vem se dedicando ao gerenciamento desta loja... — afirmou ele, mas como Chieko nem se deu o trabalho de olhar para trás, murmurou numa voz quase inaudível: — Que coisa... — Estalou a língua, irritado, e suspirou: — Ai, minhas costas!

Quando Chieko foi ter com a mãe, que começava a preparar o jantar, Shige não conseguiu esconder a surpresa.

— Que coisa terrível foi dizer, Chieko.

— Sim, eu sei. Foi um sacrifício para mim, mamãe.

— Mesmo parecendo bem sossegada, gente nova tem fibra, não é? De minha parte, fiquei aqui tremendo.

— É que eu tive orientação.

— É mesmo? De quem?

— Do irmão de Shin'ichi, na loja de Tatsumura... Na casa deles, o pai ainda dirige os negócios com pulso firme e tem dois gerentes muito competentes. Ele até disse que, caso Uemura se demitisse, poderia ceder um dos gerentes, ou ele mesmo poderia vir para nos dar uma mão.

— Está falando de Ryûsuke?

— Ele disse que entrará para o mundo dos negócios de qualquer forma, por isso, não se importa com a pós-graduação. Pode largá-la a qualquer momento.

— Que coisa! — Shige admirou a linda face de Chieko que resplandecia. — Mas não creio que Uemura peça demissão...

— E mais, ele disse que se encontrar uma boa casa, perto daquela de *hagi* brancos, pedirá ao pai dele para comprá-la para o caso de "alguma eventualidade".

— É mesmo? — Por um momento, a mãe não encontrou palavras, mas observou: — Seu pai parece que está um pouco desgostoso das coisas da vida, não é?

— Mas papai está bem, assim como está...

— Também foi Ryûsuke que lhe disse isso?

— Sim.

— ...

— Mamãe? Acho que a senhora me ouviu conversando com o senhor Uemura, não? Por favor, deixe-me dar um quimono nosso para a mocinha da aldeia dos cedros. É um pedido especial que faço...

— Está bem, está bem. Então deve providenciar o *haori* também, não acha?

Chieko desviou o olhar. Lágrimas despontaram-lhe nos olhos.

Qual a origem da denominação "tear alto"? Um tear manual elevado, seguramente. Mas o fato é que sua instalação se dá escavando um pouco a terra, pois se diz que a umidade do solo faz bem aos fios. Antigamente, a pessoa montava na parte alta do aparelho e com seus pés esticava os fios, mas hoje se penduram cestas com pedras pesadas nas suas extremidades.

Há tecelagens que utilizam tanto o tear manual quanto o mecanizado.

Na casa de Hideo havia três teares manuais, tendo os três irmãos cada um seu respectivo aparelho, mas também Sousuke, o pai dos rapazes, às vezes sentava para tear. Por isso, podia-se dizer que a situação da casa era razoável, visto que em Nishijin havia muitas tecelagens minúsculas.

À medida que a tecedura do obi encomendado por Chieko chegava ao fim, aumentava a alegria de Hideo. Primeiro porque terminava um trabalho de total dedicação, segundo porque, tanto no vaivém do pente quanto no ruído do tear, ele sentia a presença de Chieko.

Não, não era Chieko, e sim Naeko. Não se tratava de um obi para Chieko, mas para Naeko. Contudo, enquanto Hideo o tecia, as duas jovens acabavam se fundindo na sua mente.

Sousuke ficou parado ao lado do filho, admirando o trabalho.

— É um obi magnífico. E que desenho curioso... — comentou ele, inclinando a cabeça para o lado: — Quem o encomendou?

— A senhorita Chieko, dos Sada.

— E o desenho?

— É criação dela mesma.

— Ah, é? A senhorita Chieko... Verdade? Hum... — O pai contemplou o obi, como que prendendo a respiração, e então tocou o tecido, ainda no tear. — Está bem compacto, Hideo. Está muito bom.

— ...

— Filho, acho que já lhe falei antes, mas tenho dívidas com o senhor Sada.

— Falou sim, pai.

— Hum, já lhe contei, então? — indagou Sousuke, mas tornou a falar. — Tornei-me tecelão independente com um tear alto que consegui comprar, mas a metade do valor pago veio de dinheiro emprestado. Toda vez que terminava um obi, levava à loja do senhor Sada, mas tinha vergonha de levar um só, por isso eu ia até lá no meio da noite, bem escondido...

— ...

— Ele nunca fez cara feia. E hoje já tenho três teares, e podemos ir levando, de uma forma ou outra...

— ...

— Mesmo assim, Hideo, nós estamos socialmente muito distantes deles...

— Sei disso muito bem, mas por que o senhor está me dizendo tais coisas?

— Parece, Hideo, que gosta muito da senhorita Chieko...

— Ah, então é por isso! — Retomou os movimentos dos pés e das mãos, que estavam em repouso, e continuou a tecer.

Logo que concluiu o trabalho, foi à aldeia dos cedros para entregar o obi a Naeko.

Naquela tarde, vários arco-íris despontaram na direção de Kitayama.

Hideo notou o primeiro tão logo saiu para a rua, carregando o obi de Naeko. Era largo, mas tinha cores suaves e não chegava a formar um arco completo. Enquanto Hideo o observava, seu colorido foi empalidecendo e por fim desapareceu.

Entretanto, antes que o ônibus alcançasse a estrada entre as montanhas, Hideo viu mais dois arco-íris parecidos com aquele primeiro. Nenhum deles tinha o arco completo, e apagavam-se em um ou outro trecho. Era comum ver tal fenômeno em Kyoto, mas Hideo ficou um pouco intrigado.

Hum, seriam aqueles arco-íris sinal de sorte ou de azar?, perguntava-se ele.

O céu não estava nublado. Adentrando as montanhas, pareceu-lhe que mais uma vez surgia um pálido arco-íris, semelhante aos outros, mas não pôde se certificar devido à encosta de uma montanha na margem do rio Kiyotakigawa.

Hideo desceu do ônibus na aldeia dos cedros de Kitayama. Naeko, em roupas de trabalho, apareceu logo em seguida, enxugando as mãos molhadas no avental.

Estivera polindo cuidadosamente o tronco inteiriço de cedro com a areia de Bodai, mais parecida com a argila rosada.

Era outubro ainda, mas as águas da região montanhosa deviam estar bem frias. Subia vapor do valão onde os troncos flutuavam, pois em uma das extremidades era vertida água quente proveniente de um forno rudimentar.

— Foi muita gentileza sua vir a um lugar como este, no meio das montanhas. — E Naeko se inclinou ligeiramente.

— Vim para entregar-lhe em mãos o obi que eu havia prometido. Finalmente consegui terminar de tecê-lo.

— É aquele que devo receber no lugar de Chieko? Não quero mais ser sua substituta. Ter-me encontrado com ela já foi suficiente.

— Mas eu lhe prometi este obi. Além disso, o desenho é de Chieko.

Naeko abaixou a cabeça.

— Na verdade, senhor Hideo, enviaram-me anteontem, da loja da senhorita Chieko, todo um conjunto de quimono, até as sandálias. Quando terei oportunidade de usar tudo isso?

— Vai haver o Festival das Eras no dia 22. Não poderia ir?

— Quanto a isso, não teria problema — respondeu sem hesitar. — Mas, por hora, se nós continuarmos aqui, acabaremos chamando atenção. — Pensou um pouco e disse: — Importaria-se de ir até aquele campo de pedregulhos na margem do rio?

Não seria possível se esconderem na floresta como fizera naquele dia com Chieko.

— Este obi que fez para mim, senhor Hideo, eu o guardarei como o tesouro de minha vida.

— Não tem por quê. Eu lhe farei outros.

Naeko não encontrou palavras para responder.

A gente da casa em que Naeko vivia sabia do quimono enviado por Chieko, por isso, não teria problema levar Hideo até lá. Agora que Naeko conhecia quase tudo sobre a vida de Chieko e sua loja, porém, já satisfazia plenamente o desejo que tinha desde a infância de encontrar a irmã. Não queria causar nenhum incômodo a Chieko, ainda mais com pequenas coisas.

Mas sendo a família Murase, por quem fora criada, rica proprietária de uma parte da montanha de cedro e estando Naeko a trabalhar para eles sem poupar esforços e dedicação, mesmo que a verdade viesse a ser do conhecimento da casa de Chieko, isso não lhes causaria incômodo nenhum. Talvez fosse até mais promissor ser proprietário daquelas terras do que atacadista de médio porte para tecidos de quimono.

Entretanto, ainda que sentisse a intensidade do amor de Chieko, Naeko evitaria encontrá-la com frequência e dela se tornar íntima.

Por isso, Naeko levou Hideo à margem de pedregulhos do rio. Ali também, até onde era possível, eram plantados os cedros de Kitayama.

— Perdoe-me por trazê-lo a um lugar como este — desculpou-se Naeko. Ela estava ansiosa para ver logo seu obi, como era natural para uma mocinha.

— Que bela montanha! — disse Hideo, contemplando as encostas cobertas de cedro, enquanto abria o *furoshiki* de algodão e desatava os cordões de papel que prendiam o *tatou*, embalagem de papel Japão própria para proteger quimonos e obis. — Esta é a parte que vai atrás, e aqui a da frente...

— Que lindo! — Naeko deslizou a mão sobre o obi. Depois disse, com os olhos brilhantes: — É requintado demais para mim.

— Como requintado demais, um obi feito por um iniciante? Sendo os motivos de pinheiro-vermelho e cedro, e estando o Ano-Novo próximo, tinha pensado em colocar na parte de trás o pinheiro, mas a senhorita Chieko quis o cedro. Vindo aqui hoje, compreendi a razão. Quando se ouve "cedro", logo se pensa em árvores velhas e imponentes, mas tive sorte em fazê-los bem delicados. Também há alguns troncos de pinheiro-vermelho, mas só para acrescentar cor...

Naturalmente, os troncos de cedro não eram simples reproduções em cores naturais. Havia criatividade na forma e nas tonalidades.

— Que obi maravilhoso! Muito obrigada. Se fosse muito vistoso, eu não teria ocasião para usar.

— O quimono que a senhorita Chieko lhe enviou combina bem com este obi?

— Tenho certeza que sim.

— Desde pequenininha ela está acostumada com quimonos ao estilo de Kyoto, por isso... Bem, ainda não mostrei este obi para ela. Não sei por que, tenho vergonha.

— Mas foi uma concepção dela... Eu também gostaria que o visse.

— Vá ao Festival das Eras vestindo o quimono — disse Hideo, guardando o obi cuidadosamente no *tatou*.

Ao terminar de atar os cordões, Hideo disse para Naeko:

— Por favor, aceite-o sem receio. Eu tinha lhe prometido, mas também foi uma encomenda de Chieko. Considere-me apenas um simples artesão. — Depois, acrescentou: — Mesmo assim, dediquei-me de todo o coração.

Naeko continuou calada, com o embrulho de obi que Hideo colocara sobre seus joelhos.

— Chieko está acostumada a ver quimonos desde pequena, por isso, tenho certeza de que o enviado por ela e este obi farão um belo conjunto. Como já lhe disse antes...

— ...

À frente dos dois, a correnteza rasa do rio Kiyotakigawa murmurava discretamente. Hideo contemplava as encostas de ambas as margens cobertas de cedro.

— Como eu tinha imaginado, os troncos de cedro crescem uniformes à maneira de delicados objetos artesanais, mas as folhas do alto das copas também se assemelham a discretas flores, não acha?

A face de Naeko assumiu um ar tristonho. Seu pai talvez tenha se sentido culpado por causa do bebê que abandonara, e, pensando nisso enquanto trabalhava no corte dos galhos altos, caíra do alto ao tentar passar de uma árvore à outra. Naquela ocasião, Naeko também era bebê, como Chieko, e não podia saber de nada. Só depois de crescida, já tendo chegado a certa idade, tomou conhecimento do ocorrido através das pessoas da aldeia.

Por isso Naeko não sabia nada sobre Chieko — na realidade, nem o nome dela, nem se ela continuava viva, e sendo elas gêmeas, nem mesmo se ela seria a mais velha ou a mais nova. Queria apenas, se fosse possível, encontrá-la ainda que fosse uma única vez, queria vê-la mesmo que fosse de longe.

A modesta casa de Naeko, que mais parecia uma miserável cabana, ainda existia na aldeia dos cedros. Mas lá não poderia morar uma moça sozinha. Havia muitos anos, o lugar era ocupado por um casal de meia-idade que trabalhava nas montanhas dos cedros e sua filha, que frequentava a escola primária. Obviamente, não era cobrado aluguel, pois a casa não oferecia condições para tanto.

Por alguma razão, a menina que lá morava tinha paixão por flores e, como houvesse naquela casa um magnífico pé de jasmim-do-imperador dourado, ela às vezes procurava Naeko, perguntando-lhe como deveria cuidar da árvore.

"Não precisa de nenhum cuidado especial", respondia Naeko. Ao passar diante daquela casinha, porém, ela sentia de longe, antes das outras pessoas, o perfume daquelas flores. E seu coração era invadido pela tristeza.

O obi de Hideo pesava sobre seus joelhos. E havia várias razões para isso...

— Hideo, agora que descobri onde está minha irmã, estou decidida a não procurá-la mais. Quanto ao quimono e ao obi, aceito só desta vez, com profunda emoção... Espero que compreenda — disse Naeko, com sinceridade.

— Sim, entendo — respondeu Hideo. — Mas irá ao Festival das Eras, não? Gostaria que Chieko a visse usando o obi, mas não a convidarei. O cortejo do festival sai do Palácio Imperial, e estarei lhe esperando junto ao Portal Hamaguri, do lado oeste, está bem assim?

Naeko ficou levemente ruborizada por alguns instantes, e concordou com um profundo aceno de cabeça.

Na margem oposta, uma pequena árvore à beira da água tinha suas folhas vermelhas refletidas, oscilantes na correnteza.

— Que árvore é aquela que ganhou uma coloração tão intensa? — perguntou Hideo, levantando o rosto.

— Charão. — Ao responder, Naeko ergueu os olhos, e os cabelos negros que tentava prender no alto com as mãos trêmulas de repente se soltaram e espalharam-se pelas costas.

— Oh!

Ruborizada, ela juntou os cabelos, enrolou-os, tentando prendê-los com os grampos que segurava nos lábios, mas eram insuficientes, os demais estavam espalhados no chão.

Hideo achou-a bela, tanto na aparência quanto nos movimentos.

— Não notei que tinha cabelos tão longos — observou.

— Sim. Chieko também não corta os cabelos. Os homens não percebem, mas ela os prende com muita habilidade... — Apressou-se em cobrir a cabeça com a toalhinha. — Desculpe-me...

— ...

— Aqui, nós fazemos maquiagem nos cedros, mas eu mesma não costumo me maquiar.

Apesar disso, parecia usar um discreto batom. Hideo queria que Naeko retirasse a toalhinha e mais uma vez soltasse os longos cabelos negros, mas não poderia pedir algo semelhante. Compreendeu isso pela maneira apressada como ela cobrira a cabeça.

No estreito vale, as encostas do lado oeste das montanhas começavam a envolver-se na penumbra.

— Precisa voltar ao trabalho, não é, Naeko? — indagou Hideo, levantando-se.

— Já estou terminando por hoje... Os dias estão ficando curtos.

Do lado leste do vale, no alto da montanha, Hideo avistou uma coloração dourada de pôr do sol entre os troncos de cedro que se elevavam ao céu.

— Obrigada, Hideo. Muito obrigada. — Naeko suspendeu o obi com pequena reverência e em seguida também se levantou.

— Se quiser agradecer, é melhor fazê-lo a Chieko — disse Hideo. Entretanto, o prazer de ter feito o obi para aquela jovem das montanhas dos cedros expandia-se docemente no seu íntimo.

— Desculpe insistir, mas não deixe de ir ao Festival das Eras, está bem? É no portal oeste do Palácio Imperial, o Portal Hamaguri.

— Sim, está bem. — Acenou com a cabeça, profundamente. — Com quimono e obi de tamanho valor, e que nunca usei antes, acho que me sentirei pouco à vontade...

Mesmo em Kyoto, com tantas celebrações, o Festival das Eras, realizado no dia 22 de outubro, é um dos três maiores da cidade, juntamente com o Festival Aoi, dos santuários Kamigamojinja e Shimogamojinja, e o Festival Gion. Apesar de ser uma celebração do santuário Heianjingu, o cortejo sai do Palácio Imperial de Kyoto.

Naeko estava ansiosa desde cedo de manhã, e meia hora antes do horário combinado já se encontrava no local. Postou-se atrás do portal oeste do Palácio, à espera de Hideo. Era a primeira vez que esperava por um homem.

Felizmente, o tempo estava ótimo e o céu azul.

O Heianjingu fora construído em 1895 para comemorar os 1100 anos da transferência da capital imperial para Kyoto, portanto, o Jidai Matsuri era o mais novo dos três maiores festivais da cidade. Por ser uma celebração em homenagem à fundação de Kyoto, o desfile mostra a evolução dos trajes e costumes da capital ao longo de mil anos. Os participantes do cortejo representam os personagens históricos conhecidos pela maioria da população.

Por exemplo, lá estavam a princesa imperial Kazunomiya* e a monja Rengetsuni*; Yoshino-dayu* e Izumono Okuni*; Yodogimi*; Tokiwagozen, Yokobue, Tomoe-Gozen e Shizuka-Gozen*; Onono Komachi*; Murasaki Shikibu* e Sei-Shonagon*.

E surgiam também as trabalhadoras Oharame e Katsurame. O autor mencionou primeiro as personagens femininas devido à presença de mulheres da vida, artistas e vendedoras no desfile. Naturalmente, porém, havia um grande número de nobres da aristocracia das eras imperiais, como Kusunoki Masashige*, e guerreiros famosos como Oda Nobunaga* e Toyotomi Hideyoshi*.

O cortejo, que se assemelhava àqueles dos rolos ilustrados representando as pessoas e os costumes de Kyoto, prolongava-se quase sem fim.

Foi somente em 1950 que as mulheres foram incluídas no desfile, tornando o evento mais festivo e colorido.

Inicia-se com o exército de samurais do movimento "Levante a Favor do Imperador", da época da Restauração Imperial Meiji, em 1868, seguido pelo exército da Legião Montanhesa de Kitakuwada, de Tamba, enquanto que o grupo a fechar o desfile é formado por funcionários do Departamento de Letras em visita à corte imperial da era Enryaku*. Quando o cortejo retorna ao Heianjingu, realiza-se um ritual que oferece a oração congratulatória diante da carruagem imperial.

Já que o cortejo sai do Palácio Imperial, o melhor lugar para assisti-lo é na praça defronte a ele. Foi por isso que Hideo combinara com Naeko naquele local.

Enquanto ela o esperava atrás do portal, ninguém notava sua presença devido ao movimento de entra e sai das pessoas. A passos rápidos, porém, uma mulher de meia-idade aproximou-se dela. Parecia ser proprietária de uma casa de comércio.

— Senhorita, que belo obi! Onde comprou? Combina tão bem com o quimono... Dê-me licença? — Quase tocando em Naeko, a mulher perguntou: — Poderia me mostrar a parte de trás?

Naeko voltou-lhe as costas.

— Que beleza! — Ao deixar-se analisar pela mulher, Naeko foi recuperando a tranquilidade. Até então ela nunca tinha usado um quimono e um obi como aqueles.

— Estava à minha espera? — Hideo havia chegado.

Os assentos próximos ao palácio, de onde saía o cortejo do festival, estavam ocupados pela organização e pelas confederações de turismo, e Hideo e Naeko ficaram de pé, mas logo atrás da fileira dos convidados.

Era a primeira vez que Naeko ficava num lugar tão privilegiado. Encantada, assistia ao desfile com grande interesse, e nem se lembrava da presença de Hideo ou de seu quimono novo.

De repente, porém, ao perceber que ele não assistia ao desfile, perguntou:

— O que está olhando?

— O verde dos pinheiros. Claro que estou assistindo ao desfile também. Mas com o verde ao fundo, o desfile se destaca muito mais. O jardim do palácio é muito espaçoso, e essa variedade de pinheiro, o pinheiro-preto, me agrada muito.

— ...

— E observava-a também, Naeko, com o canto do olho. Não notou, não é mesmo?

—- Oh, não! — E ela abaixou a cabeça, encabulada.

As irmãs no outono avançado

Entre as muitas celebrações de Kyoto, Chieko gostava do Festival do Fogo de Kurama* mais do que do Daimonji. Como Naeko morasse não muito longe do monte Kurama, ela também já tinha ido assistir àquele festival. Mas não se dariam conta uma da outra mesmo que tivessem se cruzado antes, no do Fogo.

Na estrada de Kurama, em cada uma das casas que margeiam o caminho para o santuário são erguidas barreiras com galhos de árvores e, previamente, é jogada água nos telhados. À meia noite, a multidão segue para o santuário, carregando tochas grandes e pequenas, gritando: "*Saireya, sairyou!*"

As labaredas sobem intensamente. Então, os dois andores são retirados do santuário e todas as mulheres da aldeia (hoje, cidade) juntam forças para puxá-los pelas cordas grossas presas neles. Ao final, oferecem gigantescas tochas às divindades, e a festa continua madrugada adentro.

Entretanto, naquele ano, o famoso Festival do Fogo foi suspenso. Dizem que por falta de recursos. A Cerimônia do Corte de Bambu foi realizada como de costume, mas o Festival do Fogo, não.

A Festa dos Caules de Inhame, do santuário Kitanotenjin, também não aconteceu. O motivo anunciado foi a escassa produção de inhame, tornando impossível fazer um andor com seus caules.

São comuns em Kyoto as celebrações do tipo "Kabocha Kuyou"[58], do templo Anrakuji, de Shishigatani, ou "Kyuri Fuuji"[59], do templo Rengeji. Tais costumes revelam o espírito da antiga capital, bem como uma das inclinações dos habitantes de Kyoto.

Entre os eventos retomados nos anos recentes, tem-se o Karyobinga, no qual antigos barcos de passeio decorados com cabeças de dragão na proa navegam pelo rio Ooigawa, em Arashiyama; e o Kyokusui-no-En, realizado junto ao pequeno córrego do jardim do santuário Kamigamojinja. Outrora, eram divertimentos elegantes da aristocracia das cortes imperiais.

No Kyokusui-no-En, os participantes vestidos com trajes da época sentam-se ao longo das margens do córrego e, enquanto aguardam uma taça de saquê ser trazida pela água, escrevem um poema ou traçam algum desenho numa folha de papel. Quando a taça chega à sua frente, pegam-na e bebem o saquê, e em seguida lançam-na de volta ao córrego. Os pajens prestam os serviços necessários.

O evento havia recomeçado no ano anterior, quando Chieko fora vê-lo. O primeiro participante paramentado como um nobre da era Imperial representava o poeta *tankaísta* Yoshii Isamu (falecido havia poucas décadas).

Por ter sido retomado recentemente, não apresentava ainda o caráter de um evento tradicional.

Naquele ano, porém Chieko não assistiu a ele, nem ao Karyobinga. De qualquer forma, o ambiente não era próprio

---

58. Literalmente, "ofício de agradecimento às abóboras".
59. Literalmente, "ofício para selar o espírito maligno dos pepinos".

para um evento como aquele, calmo e melancólico. Em Kyoto, há numerosas solenidades de longa tradição, sendo impossível presenciar todas elas.

Chieko, pelo fato de ter sido criada por Shige, uma mulher trabalhadora, ou quem sabe devido à sua própria natureza, costumava levantar cedo e realizar alguma tarefa, como lustrar as grades das portas.

— Estava bem acompanhada no Festival das Eras, parecia se divertir muito, Chieko. — Era Shin'ichi, que telefonara no momento em que ela terminava de arrumar as louças do desjejum. Sem dúvida, ele a confundira com Naeko.

— Estava lá? Por que não falou comigo? — indagou ela, encolhendo os ombros.

— Era o que eu ia fazer, mas meu irmão achou que não devia — replicou Shin'ichi, sem rodeios.

Chieko não conseguia decidir se devia ou não esclarecer o equívoco. Pelo que Shin'ichi dissera, podia imaginar Naeko no Festival das Eras usando o quimono que lhe tinha enviado e o obi tecido por Hideo.

Não havia dúvida de que era ele quem a acompanhava. Num primeiro instante, o fato a surpreendeu, mas, logo em seguida, sentiu seu coração aquecido pela ternura. Um sorriso aflorou nos lábios.

— Chieko, Chieko! — chamava Shin'ichi no outro lado da linha. — Por que está calada?

— Mas não foi você quem ligou?

— Ah, sim, fui eu mesmo — Shin'ichi começou a rir. — O *bantô* está aí por perto, nesse instante?

— Não, ainda...

— Está resfriada, Chieko?

— Tenho voz de resfriada? Eu estava na rua, passando pano nas grades.

— Ah, é? — parecia que Shin'ichi estava sacudindo o receptor.

Foi a vez de Chieko rir, prazerosa.

Shin'ichi baixou a voz.

— Esta ligação foi a pedido de meu irmão. Agora vou passar para ele...

Ela não conseguia falar descontraidamente com Ryûsuke, como fazia com o irmão Shin'ichi.

— Conversou com o *bantô*, Chieko? — Ryûsuke foi direto ao assunto.

— Sim.

— Foi corajosa! — A voz dele soou forte. — Corajosa! — repetiu.

— Minha mãe ouviu a conversa do outro cômodo, e disse ter ficado assustada.

— Acredito.

— Eu também quero aprender um pouco sobre os negócios da casa, foi o que disse a ele. E pedi que me mostrasse todos os livros de contabilidade.

— Hum, muito bom. Só o fato de ter dito isso já vai fazer diferença.

— Então, mandei que me mostrasse tudo o que estava guardado dentro do cofre: registros de poupança, ações, títulos de crédito, coisas assim.

— Bravo, Chieko! É de fato valente. — Ryûsuke não podia conter sua admiração. — Logo você, uma moça tão delicada.

— Graças à sua orientação...

— Não foi exatamente ideia minha; correm boatos preocupantes nos atacadistas da vizinhança. Se não conseguisse falar com ele, tínhamos decidido fazê-lo, meu pai ou eu mesmo. Mas foi bom ter sido você a dizer-lhe. A atitude do *bantô* mudou, não?

— De alguma forma, sim.

— Imaginei que assim seria. — Ryûsuke ficou calado por um longo tempo, e tornou a dizer: — Foi ótimo.

Chieko percebeu certa hesitação de Ryûsuke no outro lado da linha.

— Se eu fizesse uma visita a sua loja, hoje à tarde, causaria-lhe algum incômodo? — perguntou. — Shin'ichi vai junto...

— Incômodo, de que forma? Claro que não! De minha parte não há problema nenhum — respondeu Chieko.

— Mas sendo uma jovem senhorita...

— Oh, não!

— Está bem, então? — Ryûsuke riu um pouco. — Chegaremos enquanto o *bantô* ainda estiver aí. Eu também darei um susto nele. Não precisa se preocupar com nada, apenas observe com que cara ele ficará.

— Ah, sim? — Chieko ficou sem saber o que dizer.

A casa de Ryûsuke era um grande atacado do bairro de Muromachi, e muito influente no seu ramo. Ele fazia pós-graduação, mas estava consciente do peso da tradição de sua loja.

— Está chegando a melhor época do *suppon*.[60] Reservarei uma sala no restaurante Daiichi, em Kitano. Venha jantar

---

60. Tipo de tartaruga japonesa.

conosco. Convidar seus pais seria desrespeitoso, por isso só convido você... Estarei acompanhado do *ochigo-san*.

Chieko foi incapaz de reagir.

— Sim, irei. — Foi tudo que conseguiu dizer.

Já se iam mais de dez anos que Shin'ichi fora *chigo* e desfilara sobre o *Naginataboko* no Festival Gion; no entanto, vez ou outra, por gracejo, Ryûsuke ainda o chamava de *ochigo-san*. Muito embora Shin'ichi ainda conservava um ar doce e gracioso de *ochigo-san*...

Chieko avisou sua mãe.

— À tarde, Ryûsuke e Shin'ichi virão nos visitar. Eles me telefonaram.

— É mesmo? — A mãe também pareceu admirada.

À tarde, Chieko retirou-se em seu quarto e, embora de forma discreta, esmerou-se na maquiagem de seu rosto. Penteou demoradamente os longos cabelos. Não conseguia prendê-los de um modo que lhe agradasse. Também na escolha do quimono para sair, cada vez mais indecisa ficava, não conseguindo decidir-se entre um e outro.

Quando finalmente desceu, o pai tinha saído para algum lugar.

Chieko adicionou carvão ao braseiro da sala dos fundos e olhou ao redor. Lançou um olhar demorado ao jardim interno. Os musgos do grande bordo ainda estavam verdes, mas as folhas dos dois pés de violetas protegidas nas concavidades de seu tronco estavam amarelecidas.

No pequeno *sazanka*[61] junto à lanterna cristã flores vermelhas haviam desabrochado. A intensidade da cor

---

61. Arbusto nativo do Japão, da família das teáceas, a mesma das camélias. Os *sazanka* florescem no outono, enquanto as camélias, na primavera.

sensibilizava o coração de Chieko muito mais do que as rosas púrpuras.

Quando chegaram, os irmãos cumprimentaram a mãe de Chieko com polidez. Em seguida, Ryûsuke sentou-se corretamente diante do *bantô*, que estava na mesa do contador cercada de grades baixas.

O *bantô* Uemura saiu apressado por detrás das grades e cumprimentou Ryûsuke formalmente. A saudação era bastante longa. Ryûsuke respondia a ela, mas mantinha a expressão mal-humorada. Era óbvio que sua frieza fora captada por Uemura.

Que arrogante esse estudante, pensava o *bantô*, mas não conseguia deixar de intimidar-se na presença dele.

Ryûsuke esperou Uemura interromper a torrente de saudações.

— Meus cumprimentos pela grande prosperidade da loja — disse em voz calma.

— Sim, graças aos deuses, senhor. Obrigado.

— Meu pai sempre diz que o senhor Sada tem sorte, porque o senhor Uemura cuida bem de tudo. Segundo ele, a longa experiência no ramo é importante...

— Imagine! Diferente da sua casa, senhor Mizuki, que é um grande atacado, a nossa é insignificante.

— Nada disso. Nossa casa ampliou demais os negócios. Mais parece um magazine do que um atacado de quimonos de Kyoto. Não estou gostando muito disso. Estão desaparecendo lojas, como esta, que se mantêm nos negócios, firmes e sólidas...

Antes que Uemura tentasse responder, Ryûsuke já tinha se levantado. O *bantô* ficou ali, com a expressão amarga, a olhar as costas de Ryûsuke, que deixava o local para ir se juntar a Chieko e Shin'ichi na sala dos fundos. Ele não tinha nenhuma dúvida de que alguma ligação havia entre o fato de Chieko querer ver os livros de contabilidade e aquela atitude de Ryûsuke.

Chieko ergueu o olhar, indagador, para Ryûsuke, que acabara de adentrar o recinto.

— Eu apenas adverti o *bantô*, indiretamente. Já que eu a aconselhei, Chieko, tenho certa responsabilidade no caso.

— ...

Com a cabeça inclinada para frente, Chieko preparava o chá em pó para Ryûsuke, agitando o delicado batedor para que a bebida ficasse espumante.

— Meu irmão, veja as violetas das cavidades do tronco de bordo — disse Shin'ichi, apontando-as. — Está vendo que são dois pés? Chieko pensa há muitos anos que aqueles dois são namorados apaixonados... Mas ainda que estejam pertos um do outro, nunca conseguem se encontrar...

— Hum.

— As meninas pensam coisas engraçadinhas, não?

— Ah, não! Assim me deixa encabulada, Shin'ichi! — As mãos de Chieko, que ofereciam a tigela com o chá recém-preparado para Ryûsuke, tremiam ligeiramente.

Os três foram para o Daiichi, restaurante especializado em *suppon*, na rua Rokubancho, em Kitano, com o veículo da loja de Ryûsuke. Era um estabelecimento antigo, o edifício em estilo clássico, muito conhecido também entre os turistas. As salas tinham o teto baixo e tudo o mais era envelhecido.

Pediram o *suppon* cozido, conhecido como "panelada", e uma espécie de canja.

Chieko sentiu seu corpo aquecido por dentro, e ficou levemente embriagada.

Chieko estava corada até o colo em suave tom rosado. Seu pescoço jovem, de tez alva e delicada, suavemente luminoso e ainda mais corado, oferecia um belo espetáculo. Seus olhos tinham certo quê de sensualidade. De vez em quando, ela passava a mão na face.

Chieko nunca pusera uma única gota de bebida alcoólica na boca. No entanto, quase a metade do caldo da panelada consistia de saquê.

O carro os esperava na frente do estabelecimento, mas Chieko temia que seus pés lhe traíssem. No entanto, sentia-se alegre. Tornava-se tagarela.

— Shin'ichi! — começou ela, dirigindo-se ao irmão mais novo, com quem tinha intimidade. — A moça acompanhada que avistaram no jardim do palácio, no Festival das Eras, não era eu. Confundiram com outra pessoa. Viram-na de longe, não foi?

— Não tem por que tentar esconder — riu Shin'ichi.

— Não estou escondendo nada.

Chieko hesitou um pouco, mas decidiu falar.

— Na verdade, aquela moça é minha irmã.

— Como?! — Shin'ichi parecia perplexo.

Chieko lhe contara, no templo Kiyomizudera, na época das cerejeiras, que fora abandonada quando bebê. Naturalmente, o fato deve ter sido revelado a Ryûsuke. Mesmo que ele não tivesse contado ao seu irmão, era possível que a história fosse do conhecimento dele, já que as lojas das duas famílias não eram distantes.

— Quem viu no jardim do palácio, Shin'ichi... — depois de hesitar um pouco, continuou — aquela é minha irmã. Somos gêmeas.

Era novidade para Shin'ichi.

— ...

Por algum tempo, os três continuaram calados.

— E eu fui a abandonada.

— ...

— Se isso for verdade — Ryûsuke quebrou o silêncio — teria sido melhor se a tivessem abandonado na frente da nossa loja. É verdade, teria sido melhor se a tivessem deixado diante de nossa casa! — repetiu com profunda emoção.

— Meu irmão! — Shin'ichi riu. — Não é a Chieko de hoje. Era um bebê, uma recém-nascida!

— Ainda que fosse um bebê, não teria importância! — afirmou Ryûsuke.

— Mas diz isso porque conhece a Chieko de agora.

— Não, não é por isso.

— O senhor Sada a criou com muito carinho e amor. O resultado é esta Chieko de hoje — replicou Shin'ichi. — Quando tudo aconteceu, meu irmão, você também era uma criança pequena. Como é que uma criança conseguiria criar um bebê?

— Claro que conseguiria — respondeu Ryûsuke com firmeza.

— Hum, a mesma autoconfiança de sempre. Não quer dar o braço a torcer.

— Pode ser. Mas eu teria gostado de criar Chieko, quando bebê. Com certeza, nossa mãe daria a mão necessária.

Chieko já não sentia mais o efeito do saquê, e sua fronte tornava-se branca.

O Festival de Danças de Kitano, no outono, tem duração de uma quinzena. No penúltimo dia, Takichiro Sada foi assisti-lo sozinho. Havia recebido vários ingressos de uma casa de chá, mas não se sentia disposto a convidar ninguém. Já não tinha mais disposição para divertir-se com os amigos nas casas de chá após o espetáculo.

Antes de iniciarem as danças, Takichiro, carrancudo, entrou num recinto que servia chá. Uma gueixa escalada para o serviço do dia preparava o chá em pó, sentada num banco, mas não era conhecida de Takichiro.

Ao lado dela, estavam de pé sete ou oito moças. Eram as auxiliares para carregar as tigelas de chá. Vestiam quimonos uniformes rosa claro, de mangas longas.

Entre elas, apenas uma, a do centro, trajava quimono azul.

Ah!, quase deixou escapar.

Estava lindamente maquiada, e não havia dúvida tratar-se da garota do outro dia, a do bonde "trin-trin", que acompanhava a madame daquele bairro de diversões. Era possível que somente ela, a de quimono azul, estivesse encarregada de alguma tarefa especial.

Foi justamente ela a levar o chá espumante para Takichiro. Como era natural, estava com ar distante e nenhum sorriso. De acordo com a etiqueta.

Takichiro, porém, sentiu seu coração mais leve.

A dança, chamada "Gubijinsou Zue", era composta de oito cenas. Tratava-se da famosa tragédia de Kou U e Gu-ki*, da China. No início, Gu-ki traspassa o próprio peito com uma espada e morre nos braços de Kou U, cantando a saudade de sua terra. Na sequência, ele também vem a morrer numa batalha. Já a cena seguinte se passa no Japão. Trata-se da história de Kumagai Naozane, Taira no Atsumori* e da princesa Tamaori. Depois de matar Atsumori, Kumagai sente a fragilidade da vida humana e torna-se monge. Mais tarde, ao orar no antigo campo de batalha, avista papoulas[62] em profusão ao redor do túmulo de Atsumori. Ouve-se os sons de flauta. Surge então o espírito de Atsumori e lhe pede que deposite sua "flauta de folhas verdejantes" no templo de Kurodani. O espírito da princesa Tamaori, por sua vez, pede-lhe que recolha algumas papoulas vermelhas e faça uma oferenda a Buda.

Depois dessa peça, havia ainda uma outra, um novo bailado bem movimentado: "A elegante vida de Kitano."

Diferente das casas de Gion, que seguem o estilo Inoue de dança, as de Kamishichiken adotaram o estilo Hanayagi.

Ao deixar o Centro de Eventos Kitano, Takichiro rumou para a casa de chá de estilo antigo, onde estivera antes. Como ficasse sentado sem saber o que fazer, a madame sugeriu:

— Gostaria de chamar alguém?

— Bem, que tal aquela que mordeu a língua? E a menina de quimono azul, que hoje estava a carregar as tigelas?

— A do bonde "trin-trin"...? Bem, se for só para apresentar cumprimentos, não há inconveniência.

Como ficara bebendo até a chegada da gueixa, Takichiro precisou se levantar para ir o banheiro. Ela o acompanhou.

— Ainda costuma morder? — perguntou ele, então.

---

62. No original, *gubuijinsou*: nome clássico da flor que significa "bela do Gu".

— O senhor tem boa memória. Eu não vou lhe morder, pode me mostrar a língua.

— Tenho medo!

— Eu lhe prometo que não vou morder.

Takichiro mostrou a língua. Sentiu que era sugada para dentro, por algo quente e macio.

Ele bateu de leve nas costas da jovem.

— Você se corrompeu.

— Chama isso de corromper?

Takichiro teve vontade de gargarejar e lavar a boca. Mas como a gueixa não saía de seu lado, não podia fazê-lo.

Fora uma brincadeira muito ousada da parte dela. Talvez um impulso do momento, sem segundas intenções. A jovem gueixa não desagradava Takichiro. Não a julgou depravada.

Quando retornava à sala, ela o segurou.

— Um instante, por favor!

Então, limpou os lábios de Takichiro. O lenço ficou manchado de batom. Aproximou o rosto do dele e o analisou.

— Sim, assim está bom.

— Obrigado... — Pousou de leve a mão nos ombros da gueixa.

Ela se postou diante do espelho do banheiro para retocar o batom.

Quando Takichiro retornou, não havia ninguém na sala. Sorveu o saquê já morno duas, três vezes, como se quisesse limpar a boca.

Mesmo assim, ainda parecia restar, em alguma parte da sua roupa, o cheiro da gueixa ou do perfume que ela usava. Takichiro sentiu certo rejuvenescimento.

Embora a brincadeira da gueixa tivesse sido inesperada, Takichiro achou que fora seco com ela. Seria porque já fazia muitos anos que não se divertia com mulheres jovens?

Aquela gueixa, que mal teria vinte anos, podia ser uma mulher muito interessante.

A madame retornou, trazendo a garota. Ela ainda vestia o quimono azul de mangas longas.

— Em se tratando de um pedido do senhor, fui rogar especialmente à patroa dela, dizendo que é apenas para apresentar os cumprimentos. Olhe só para ela, é muito nova ainda — disse a madame.

Takichiro olhou a menina.

— Há pouco, foi você que... — disse ele.

— Sim, senhor — respondeu ela sem embaraço, uma vez que era filha de uma casa de chá. — É aquele tio, pensei, e por isso levei-lhe o chá.

— Foi? Que bom, obrigado! Então, não se esqueceu de mim?

— Não.

A outra gueixa voltou.

— O senhor Sada gosta muito desta Chii-chan, sabe? — disse-lhe a madame.

— É mesmo? — A gueixa analisou o rosto de Takichiro. — O senhor tem bons olhos! Mas terá de esperar uns três anos. Além disso, na próxima primavera ela vai para Ponto-cho.

— Ponto-cho? Por quê?

— Ela quer ser *maiko*. Parece encantada com as aparências das *maiko*.

— Hum? Mas então não seria melhor permanecer em Gion?

— É que ela tem uma tia em Ponto-cho. Creio que seja por causa disso.

Takichiro pôs-se a observar a menina. Para qualquer lugar que fosse, ela se tornaria uma *maiko* de primeira.

A Cooperativa dos Fabricantes de Tecidos para Quimono de Nishijin tomou a decisão inédita de cessar todos os teares durante oito dias, de 12 a 19 de novembro. Na realidade, os dias 12 e 19 caíram num domingo, portanto, eles pararam de fato por seis dias.

As razões foram muitas, mas, em uma palavra, a questão era econômica. Isto é, havia produção em excesso, chegando a ser acumulados trezentos mil rolos. O recesso visava dar vazão ao estoque e também introduzir um melhoramento no modo de comercialização. Além do mais, nos últimos anos, tornara-se cada vez mais difícil obter financiamentos.

Desde o outono do ano anterior até a primavera daquele ano, muitas firmas intermediárias de comercialização de tecidos Nishijin pediram falência.

Com o recesso de oito dias, a produção caiu em cerca de oitenta a noventa mil rolos. Os resultados alcançados foram satisfatórios e, assim, a tentativa foi considerada um sucesso.

Entretanto, era surpreendente que as tecelagens tenham aderido ao movimento. Bastava observar o distrito têxtil de Nishijin, em especial suas travessas estreitas constituídas, em sua maioria, por microempresas sustentadas pelo trabalho familiar.

Os casebres, com seus telhados velhos e largos beirais, enfileiravam-se a perder de vista. Mesmo no segundo andar, tinham o teto baixo. As travessas, assemelhando-se mais a um atalho entre as ruas, ofereciam uma visão ainda mais confusa, e até os ruídos de teares pareciam provir do interior escuro. Nem todos possuíam teares próprios, mas alugados.

Entretanto, houve pouco mais de trinta pedidos para não participar da "paralisação".

A casa de Hideo produzia obis, e não tecidos para quimono. Possuía três teares altos, e normalmente a luz era mantida acesa mesmo durante o dia, mas havia um quintal nos fundos e poderia se dizer que a área de trabalho era razoavelmente bem iluminada. No entanto, os utensílios da cozinha eram poucos e modestos e deixavam dúvidas se havia espaço para a gente da casa descansar ou dormir.

Hideo era de natureza persistente, possuía excelente dom para o trabalho e tinha força de vontade necessária para tanto. Por passar horas e horas do dia sentado no estreito estrado para tecer, era bem provável que tivesse as nádegas marcadas.

Quando convidara Naeko a assistir ao Festival das Eras, mais do que o desfile de trajes de diversas épocas, ele se sentia atraído pelo verdor dos pinheiros do Palácio Imperial na ampla paisagem ao fundo. Quem sabe, motivado pela sensação de estar liberto dos afazeres do dia-a-dia. Naeko, que trabalhava nas montanhas, ou mesmo no vale fechado entre as montanhas, não o teria percebido...

Contudo, desde que Hideo se encontrara com Naeko no Festival das Eras, cingindo o obi que ele tecera, sentia cada vez mais entusiasmo no seu trabalho.

Chieko, por sua vez, desde o dia em que fora para Daiichi, em companhia de Ryûsuke e Shin'ichi, perdia momentaneamente o rumo dos próprios pensamentos, embora isso não chegasse a ser um tormento. Quando se dava conta do fato, o atribuía à angústia que sentia.

Em Kyoto, a "Iniciação"[63] de 13 de dezembro já passara, e o tempo se tornou instável como de costume naquela região. O dia estava ensolarado, mas a chuva gelada cintilava ao sol e, por vezes, misturava-se a uma neve granulada. O tempo logo abria e, em seguida, tornava a nublar-se.

A partir de 13 de dezembro, dia da "Iniciação", ainda que em Kyoto não se inicie a preparação do Ano-Novo, costuma-se dar início às trocas de presentes do fim de ano.

Os locais onde se preservam mais rigorosamente esses costumes são, sem dúvida, os bairros tradicionais de diversão como Gion.

As gueixas e as *maiko* enviam seus serviçais às casas de chá para presentear, com grandes *mochi*, os mestres de dança e música e as gueixas veteranas que durante o ano lhes fizeram préstimos.

Depois disso, as *maiko* fazem suas visitas.

"Congratulações!", dizem elas. Isso significa: "Graças a vós passamos o ano bem. Esperamos que no ano vindouro também; por favor, lembrem-se de nos dar apoio."

Nesse dia, mais do que em outros, podem ser vistas gueixas e *maiko* circulando em trajes festivos, e nas imediações de Gion o final do ano antecipado torna-se intensamente colorido.

---

63. No original, *koto-hajime*: cerimônia ou preparação espiritual que marca o início das atividades às quais se pretende dedicar ao longo do novo ano. Normalmente, o *koto-hajime* é realizado no dia 2 ou no primeiro dia útil de janeiro.

Na loja de Chieko não havia esse tipo de ar festivo.

Depois do desjejum, ela voltou sozinha a seu quarto para a rápida maquiagem matinal. No entanto, suas mãos ficaram paradas, distraídas.

No coração de Chieko iam e vinham aquelas palavras vigorosas que Ryûsuke dissera na casa de *suppon*, de Kitano. Não seria muita ousadia da parte dele dizer que teria sido bom se Chieko bebê tivesse sido abandonada na frente da sua casa?

Shin'ichi, que manteve amizade com Chieko desde a infância até o curso colegial, era de índole branda, e Chieko sabia que gostava dela; mas ele nunca dissera algo que lhe cortasse a respiração como Ryûsuke. Com Shin'ichi, podia se divertir descontraidamente.

Chieko passou com esmero o pente nos cabelos longos, deixou-os soltos e desceu.

Mal tinha terminado o desjejum, recebeu um telefonema de Naeko, da vila dos cedros de Kitayama.

— É a senhorita? — Naeko procurou confirmar antes de prosseguir. — Aconteceu uma coisa... Preciso lhe encontrar e ouvir sua opinião.

— Naeko, que saudade! Pode ser amanhã? — perguntou Chieko.

— Para mim, qualquer dia...

— Venha para a loja.

— À loja, não, me perdoe.

— Contei à minha mãe sobre você, e meu pai também já sabe.

— Mas há também os funcionários, não?

Chieko pensou um instante e então propôs:

— Então vou à sua aldeia.
— Está muito frio, sabe? Eu fico feliz, mas...
— Também gostaria de ver os cedros.
— Bem, nesse caso... Além do frio, pode haver chuva gelada, por isso é melhor vir preparada. Faremos uma fogueira se precisar. Vai me achar logo, pois estarei trabalhando à beira da estrada — disse Naeko alegremente.

Flores de inverno

Era muito raro Chieko usar calças e suéter bem grosso, como naquele dia. Suas meias também eram espessas e de cores chamativas.

Takichiro estava em casa. Chieko sentou diante dele e o cumprimentou. Ao deparar com a aparência não usual da filha, arregalou os olhos.

— Vai andar nas montanhas?

— Sim, a menina dos cedros de Kitayama disse que tem algo a falar comigo, e queria me ver...

— Entendo — disse Takichiro sem rodeios. — Chieko...

— Sim, papai.

— Se ela estiver passando por alguma dificuldade ou complicação, traga-a para casa. Ela ficará conosco.

Chieko abaixou a cabeça.

— Entendeu? Com duas moças em casa, sua mãe e eu teremos os dias alegres.

— Obrigada, papai. Obrigada. — Chieko se inclinou em agradecimento. Lágrimas quentes caíram em suas coxas, atravessando o tecido das calças.

— Chieko, a criamos desde que era bebê de colo, e por isso nos é o que há de mais caro no mundo, mas trataremos dessa moça sem fazer nenhuma diferença. Deve ser uma mocinha muito boa, como você. Traga-a, está bem? Vinte anos atrás, o nascimento de gêmeos não era bem quisto, mas hoje já não é mais assim — disse o pai, e chamou a esposa.

— Shige! Shige!

— Papai, fico-lhe muito agradecida, mas essa menina, Naeko, não virá à nossa casa... Nunca — afirmou Chieko.

— Mas por quê?

— Talvez porque não queira comprometer em nada minha felicidade.

— Comprometer, em quê?

— ...

— Em que ela poderia comprometer? — O pai tornou a repetir e pendeu a cabeça, perplexo.

— Hoje eu também pedi a ela que viesse aqui. Disse que meu pai e minha mãe já sabiam de tudo — respondeu Chieko, a voz um pouco embargada. — Mas ficou receosa dos empregados e dos vizinhos...

— O que tem os empregados?! — Sem querer, Takichiro elevou a voz.

— Entendi muito bem o que o senhor acaba de dizer, mas por hoje vou apenas visitá-la.

— Está bem. — O pai acenou com a cabeça. — Tenha cuidado no caminho... E, o que eu disse há pouco, transmita para a menina Naeko.

— Sim, papai.

Chieko fixou o capuz no impermeável. Calçou as botas de chuva.

Ainda pela manhã, o céu de Nakagyo estava límpido, mas naquele momento se nublava, e talvez chovesse em Kitayama. Mesmo dali, do coração da cidade, tinha-se essa impressão. Se não fossem os morros de contornos delicados a cercar a cidade de Kyoto, poderia se supor que era a chegada de neve.

Chieko subiu no ônibus da Kokutetsu.[64]

Duas linhas de ônibus levam até o vilarejo de Kitayama em Nakagawa, terra dos cedros: a da Kokutetsu e a municipal. O ônibus municipal vai até o limite norte do município de Kyoto, que fora ampliado, mas o da Kokutetsu vai muito além, até Obama, na província de Fukui.

Obama é uma cidade praiana da baía Obama e estende-se até a baía Wakasa, aberta ao mar do Japão.

Talvez porque fosse inverno havia poucos passageiros.

Dois jovens que viajavam juntos fixaram penetrantes olhares em Chieko. Sentindo-se incomodada, ela puxou o capuz.

— Senhorita, por favor! Não esconda o rosto com essa coisa — disse um deles com a voz rouca, que não combinava com sua aparência jovem.

— Ei! Cale a boca! — reprimiu o homem ao seu lado.

Aquele que se dirigira a ela estava algemado. Que crime teria cometido? O homem ao lado seria um inspetor da polícia? Estaria levando o outro a algum lugar, para além das montanhas?

Chieko não queria tirar o capuz e expor-lhe o rosto.

O ônibus passava pela região de Takao.

— Aonde teria ido parar Takao? — comentou um passageiro.

---

64. Empresa nacional de transportes públicos, atual JR — Japan Railway.

Não era sem razão. As folhas de bordo haviam se desprendido, todas, e o inverno estava presente nas extremidades finíssimas de seus ramos.

Também no estacionamento, logo abaixo de Togano'o, não havia sequer um carro.

Naeko, com roupa de trabalho, esperava por Chieko na parada Cascata de Bodai.

Por um momento, Naeko não a reconheceu devido às roupas que ela usava. Tão logo notou ser ela, disse:

— Senhorita, que bom ter vindo! Como é bom recebê-la aqui no interior, em meio às montanhas.

— Não é tão interior! — Sem tirar as luvas, Chieko apertou as mãos de Naeko. — Como estou feliz em vê-la! Desde o verão que não nos encontramos. Obrigada por aquela vez na montanha dos cedros.

— Aquilo? Não foi nada demais — disse Naeko. — Já imaginou o que teria acontecido naquele dia se tivesse caído um raio sobre nós duas? Mesmo se isso tivesse ocorrido, ainda assim estaria feliz...

— Naeko... — interveio Chieko, enquanto caminhava. — Telefonou para minha casa, deve ter uma razão muito forte para isso, não? Se não me contar logo o que aconteceu, não conseguirei conversar com calma.

Naeko não respondeu de imediato. Estava com roupa de trabalho e cobria a cabeça com a toalhinha.

— O que aconteceu? — perguntou Chieko mais uma vez.

— Hideo me pediu em casamento, por isso... — Como se tivesse perdido o equilíbrio, Naeko agarrou-se em Chieko.

Chieko abraçou Naeko.

Seu corpo, acostumado ao trabalho diário, era firme. Naquela ocasião dos trovões de verão, Chieko estava com tanto medo que não o notara.

Naeko refez-se imediatamente, mas talvez porque gostasse de ficar nos braços da irmã, não a notificou que já estava bem. Em vez disso, caminhava apoiando-se nela.

Por seu lado, Chieko apoiava-se em Naeko, ainda abraçada a ela. No entanto, as jovens não se davam conta também.

Ainda de capuz, Chieko perguntou:

— Então, Naeko, que resposta deu para Hideo?

— Minha resposta...? Mesmo sendo eu uma pessoa decidida, eu não poderia responder tão prontamente a um assunto desses, não acha?

— ...

— Ele me confundiu com a senhorita — continuou. — Agora já não se trata mais de confusão, mas tenho certeza de que, bem no fundo do coração, lá nas profundezas do coração de Hideo, é Chieko quem está guardada.

— Não é nada disso!

— É, sim! Eu sei muito bem... Mesmo não nos confundindo mais, seria um casamento com uma substituta. Hideo vê em mim um espectro seu. Essa é a primeira questão — disse Naeko.

Chieko se lembrou de que na primavera cheia de tulipas, quando retornavam do Jardim Botânico e caminhavam sobre o dique à margem do rio Kamogawa, o pai dissera que Hideo poderia ser marido de Chieko, o que a mãe contestara.

— Em segundo lugar, a casa de Hideo é uma tecelagem, certo? — continuou Naeko com voz firme. — Sendo assim, há a possibilidade de ligações entre sua loja e eu, e, nesse caso, se surgir alguma inconveniência para a senhorita, ou se for vista com hostilidade, eu não poderia me perdoar nem mesmo estando morta. O que sinto é que devo me esconder no interior de montanhas ainda mais distantes...

— É isso que a preocupa? — Chieko sacudiu o ombro de Naeko. — Hoje mesmo eu disse a meu pai que vinha me encontrar com você, pedi licença a ele antes de sair. E mamãe também sabe de tudo.

— ...

— Sabe o que meu pai disse? — Balançou o ombro de Naeko com mais força. — "Se ela estiver passando por alguma dificuldade ou complicação, traga-a para casa...". Eu fui registrada como filha legítima, mas ele disse: "Trataremos essa moça sem fazer nenhuma diferença. Chieko também se sente triste porque é filha única."

Naeko tirou a toalhinha de algodão da cabeça.

— Obrigada — disse ela, cobrindo o rosto com a toalhinha. — Isso me emociona do fundo do coração, obrigada. — Por algum tempo não conseguiu pronunciar palavra nenhuma. — Na realidade, não tenho parentes, nem tenho com quem possa contar, e sinto-me só. Mas procuro esquecer tudo e me dedicar ao trabalho.

— E quanto ao principal, Hideo...? — indagou Chieko, procurando um tom mais leve.

— Eu não poderia, tão apressadamente, dar uma resposta — respondeu Naeko numa voz lacrimosa, e olhou para a irmã.

— Empreste-me isto — Chieko pegou a toalhinha de Naeko. — Não vai entrar na aldeia com essa cara de choro... — Enxugou-lhe os olhos e a face.

— Não tem importância. Tenho o temperamento forte e trabalho mais do que a maioria das mulheres, mas sou chorona também.

Então, enquanto Chieko a enxugava, Naeko comprimiu o rosto no busto da irmã e começou a soluçar mais do que antes.

— Não chore, Naeko. É triste demais. Vamos, pare com isso... — Bateu de leve nas suas costas. — Se não parar, vou-me embora.

— Não! Não! — Naeko se assustou. Então, pegou a toalhinha da mão de Chieko e esfregou no rosto com força.

Como era inverno, não chamaria atenção. Apenas o branco dos olhos ficou um pouco avermelhado. Naeko cobriu a cabeça com a toalhinha, puxando-a até esconder os olhos.

Por algum tempo, as duas caminharam em silêncio.

Os cedros de Kitayama têm seus galhos abatidos quase até o topo, e para Chieko as folhas deixadas em forma arredondada eram como flores de inverno, verdes e discretas.

— Hideo cria, ele mesmo, ótimos desenhos, e os obis que tece são bem firmes. É uma pessoa séria — disse Chieko, julgando que já podia voltar ao assunto.

— Sim, sei disso — respondeu Naeko. — Quando me convidou para o Festival das Eras, em vez do desfile de trajes da época, ele observava o verde dos pinheiros do Palácio Imperial ao fundo e a mudança de cores de Higashiyama.

— O desfile do Festival das Eras não é novidade para ele...

— Não, mas parecia que não era por isso... — disse Naeko com convicção.

— ...

— Passado o desfile, ele me convidou para conhecer sua casa.

— A casa, quer dizer, a dele?

— Sim.

Chieko se surpreendeu um pouco.

— Tem dois irmãos mais novos, não é? Ele me mostrou o quintal atrás da casa, e disse que se nos casarmos, irá construir uma casinha para trabalhar, de preferência só tecendo o que for do gosto dele.

— Isso é ótimo, não?

— Ótimo, por quê? Hideo quer casar comigo porque me vê como um espectro da senhorita. Eu compreendo isso muito bem, também sou uma moça — tornou a repetir Naeko.

Chieko caminhava pensando no que poderia dizer.

Ao lado do vale estreito, havia outro ainda menor, de onde se elevava a fumaça de uma fogueira. As mulheres que lavavam os troncos de cedro estavam agora sentadas em círculo ao seu redor, a aquecer pés e mãos.

Naeko chegou defronte à casa paterna, que mais parecia uma cabana. A cobertura de palha estava inclinada e ondulada por falta de cuidados. Por ser uma casa da região montanhesa, tinha um pequeno quintal, e os altos pés de nandina, que cresceram por conta própria, ostentavam frutinhas vermelhas. Os seus sete ou oito troncos estavam confusamente entrecruzados.

Aquela casa miserável seria também de Chieko.

Antes mesmo de passarem por ela, as lágrimas rasas de Naeko já haviam secado. Devia dizer a Chieko que casa era aquela? Ou seria melhor não fazê-lo? Como elas nasceram na casa dos avós, era provável que Chieko nunca tenha estado ali. A própria Naeko, que ainda bebê perdera o pai e a mãe, não tinha uma lembrança clara de ter vivido na casa.

Felizmente, Chieko não notou a casa e passou por ela contemplando as montanhas dos cedros e os troncos encostados nas paredes. Naeko não precisou falar nada a respeito.

As pequenas porções de folhas arredondadas, remanescentes nas extremidades dos cedros emprumados, e que pareciam a Chieko flores de inverno, eram realmente "flores de inverno".

Na maioria das casas, troncos inteiriços de cedro, já descascados e lavados, eram postos em fileiras a secar, encostados nos beirais e avançando no segundo andar. Os troncos brancos eram colocados lado a lado, com as bases alinhadas ordenadamente. Isso por si só constituía um belo espetáculo. Talvez até mais bonito que qualquer tipo de parede.

Também eram belas as montanhas dos cedros, agora com o capim junto às raízes secas e os troncos inteiros expostos, todos retos e de mesmo diâmetro. Às vezes, podia se entrever o céu entre um e outro.

— No inverno é mais bonito, não? — comentou Chieko.

— A senhorita acha? Como estou acostumada a ver sempre, não sinto muita diferença, mas é possível que no inverno as folhas de cedro adquiram um pouco a tonalidade da eulália.

— É por isso que parecem flores.

— Flores? — A observação teria sido inesperada para Naeko? Ela elevou os olhos para as montanhas dos cedros.

Caminhando por algum tempo, chegaram a uma casa antiga e imponente, que talvez pertencesse a um grande proprietário das montanhas. O muro baixo tinha a metade inferior coberta de tábuas pintadas de *bengara*, e a superior, de argila pintada de branco, sendo todo guarnecido pelo pequeno telhado cor de chumbo.

Chieko deteve os passos.

— Que bela casa!

— É onde moro. Gostaria de entrar para conhecer?

— ...

— Não há problema. Já faz quase dez anos que fui acolhida por essa família — disse Naeko.

Chieko teve de ouvir de Naeko duas, três vezes ainda, que Hideo queria casar com ela não porque propriamente fosse uma espécie de substituta de Chieko, mas sim um "espectro" dela. Substituta era compreensível, porém, o que significava "espectro"? Ainda mais, em se tratando de um casamento...

— Naeko, repete tanto a palavra "espectro", mas o que exatamente ela significa para você? — perguntou Chieko com severidade.

— ...

— O espectro não tem forma, não pode ser tocado, certo? — continuou Chieko, que subitamente corou.

Não apenas o rosto, mas decerto todas as partes do corpo de Naeko deveriam ser idênticas às dela, Chieko, e a irmã seria possuída por um homem.

— Mesmo assim, temos medo de um espectro sem forma, não? — replicou Naeko. — Ele pode estar no coração, ou na mente do homem, ou, ainda, aparecer em outros lugares...

— ...

— Mesmo que eu, Naeko, me torne uma velhinha de sessenta anos, o espectro de Chieko permanecerá com a juventude de hoje!

Era um pensamento inesperado para Chieko.

— Tem pensado muito sobre essas coisas?

— Não há como se cansar de um espectro bonito, não acha?

— Não estou certa disso. — Foi tudo o que Chieko conseguiu dizer.

— Não é possível chutar ou pisotear um espectro. Aquele que tentar, só levará tombo!

— Ah, sim! — Chieko notou que havia ciúme em Naeko. — Mas será que realmente existe um espectro?

— Está aqui... — Naeko tocou o peito de Chieko.

— Não sou um espectro. Sou sua irmã gêmea.

— ...

— Naeko, será então irmã do meu fantasma?

— Oh, não! Claro que sou irmã desta Chieko. Mas mesmo assim, quando se trata de Hideo...

— Você pensa demais! — retrucou Chieko. Ligeiramente inclinada para frente, caminhou por algum tempo. — O que acha de nós três conversarmos para esclarecer essa questão definitivamente?

— Conversar... A conversa pode ser sincera, mas também pode não sê-lo...

— É sempre tão desconfiada assim?

— Não, mas também tenho a sensibilidade de uma moça...

— ...

— A chuva de inverno de Kitayama está vindo dos lados de Shuzan. Veja... Os cedros do alto da montanha...

Chieko levantou os olhos.

— É melhor ir embora logo. Acho que teremos chuva misturada com neve.

— Imaginei que pudesse acontecer isso, vim preparada para a chuva.

Chieko tirou a luva de uma das mãos e a exibiu.

— Esta não é a mão de uma senhorita.

Naeko se espantou e, com as suas mãos, cobriu a mão de Chieko.

A chuva gelada chegou sem que Chieko se desse conta. Até Naeko, que era das montanhas, foi pega de surpresa. Era diferente de um chuvisco. Diferente da cerração.

Seguindo as palavras de Naeko, Chieko olhou as montanhas circundantes. Pareciam frias e cobertas de neblina. Os troncos de cedro dos sopés, ao contrário, apareciam mais nítidos.

Os pequenos morros iam perdendo seus contornos como se envoltos em bruma. Naturalmente, era diferente da neblina primaveril até no aspecto do céu. Podia-se dizer que aquilo era típico de Kyoto.

Notava-se um pouquinho de umidade no chão.

Aos poucos, as montanhas passaram a ganhar uma tonalidade ligeiramente acinzentada. O nevoeiro começava a envolvê-las.

A bruma foi crescendo gradativamente, descendo, escoando pelas encostas, misturada com um pouco de partículas brancas. Era neve granulada.

— É melhor voltar logo para casa — disse Naeko para Chieko, tão logo notara aqueles grânulos brancos. Não poderiam ser chamados de neve; na chuva, aquelas partículas ora desapareciam ora voltavam a cair.

O vale de repente ficou na penumbra. Subitamente o frio aumentou.

Como Chieko crescera em Kyoto, a chuva invernal de Kitayama não era novidade.

— É melhor retornar antes que vire um espectro gelado... — aconselhou Naeko.

— Mais espectro... — disse Chieko, que riu. — Vim preparada para a chuva... Em Kyoto, no inverno, o tempo muda muito.

Naeko olhou para o céu e tornou a dizer:

— Por hoje, é melhor ir. — E apertou com força a mão que Chieko tinha mostrado ao descalçar a luva.

— Naeko, pensou seriamente no casamento? — perguntou Chieko.

— Só um pouquinho... — respondeu ela e, com todo o carinho, calçou a luva na mão de Chieko.

Naquele momento, Chieko disse:

— Venha uma vez à minha loja, por favor!

— ...

— Por favor!

— ...

— Depois que os empregados forem embora.

— Quer dizer, à noite? — perguntou Naeko, surpreendida.

— Vá pousar lá. Meus pais estão a par de tudo a seu respeito.

Os olhos de Naeko brilhavam de felicidade, mas ela estava hesitante.

— Pelo menos uma noite, gostaria que dormíssemos juntas.

Naeko voltou-se para o outro lado, à beira da estrada, e lágrimas brotaram de seus olhos. Mas não passaram desapercebidas a Chieko.

Quando Chieko voltou para casa, em Muromachi, as imediações da cidade tinham apenas o céu nublado.

— Chieko, chegou em boa hora! Antes da chuva... — saudou a mãe. — Seu pai a espera na sala dos fundos — acrescentou.

Mal ouvira as saudações de Chieko, Takichiro indagou, ansioso:

— O que ela queria contar?

— Pois é...

Chieko não sabia como abordar o assunto. Era difícil explicar claramente em poucas palavras.

— O que foi mesmo? — o pai tornou a perguntar.

— Bem, então...

Mesmo para ela, a história de Naeko era compreensível até certo ponto: Hideo, na realidade, queria se casar com Chieko, mas acreditando ser impossível, pediu Naeko em casamento, que é sua gêmea. O coração sensível de Naeko captara essa intenção. Por isso, tinha contado a Chieko aquela estranha "tese do espectro". Hideo, que desejava Chieko, estaria tentando se conformar com Naeko? A Chieko, não parecia tratar-se de mera presunção.

No entanto, poderia não ser nada disso.

Chieko não conseguia encarar o pai; sentia que ficaria corada até o pescoço.

— Essa menina, Naeko, queria apenas encontrá-la, sem nenhum motivo especial?

— Sim, papai — Chieko criou coragem e levantou o rosto. — Parece que Hideo, dos Otomo, a pediu em casamento. — A voz tremia um pouco.

— Hum?

O pai ficou a observar Chieko, calado por algum tempo. Parecia adivinhar alguma coisa, mas nada mencionou.

— Bem, Hideo, não é? Filho de Otomo. É um bom partido. Realmente, o acaso é estranho. Se bem que tudo aconteceu por sua causa, não?

— Papai, acho que ela não vai se casar com Hideo.

— Como? Por quê?

— ...

— Por que não? Acho que será bom...

— Não é uma questão de bom ou ruim. Lembra, papai, quando, no Jardim Botânico, o senhor disse que Hideo talvez fosse um bom partido para mim? E ela, que é uma mocinha, compreende isso.

— Como assim?

— A casa de Hideo é uma tecelagem de obis, e tem alguns negócios com a nossa loja; ela se preocupa com isso.

Atingido no coração, Takichiro calou-se.

— Papai, só por uma noite, deixe que ela venha dormir aqui. Eu lhe peço, por favor!

— Claro! O que é isso? É tão simples... Eu até disse que ela poderia vir morar conosco.

— Isso ela jamais aceitará. É só por uma noite...

O pai olhou Chieko com piedade.

Ouviu-se o ruído da mãe puxando as folhas do *amado*[65] para fechá-lo.
— Papai, vou ajudar a mamãe — Chieko se levantou.
A chuva fina caía sobre o telhado, silenciosa. O pai permaneceu sentado, imóvel.

Takichiro foi convidado pelo pai dos irmãos Ryûsuke e Shin'ichi Mizuki para jantar no restaurante Saami, junto do parque Maruyama. Por ser um curto dia de inverno, a cidade, vista do balcão elevado do restaurante, encontrava-se iluminada. O céu estava cinzento, sem a coloração do ocaso. A cidade também, exceto pelas luzes, apresentava a mesma coloração. Era a cor do inverno de Kyoto.

O pai de Ryûsuke administrava uma grande e próspera loja de atacado de quimonos de Muromachi. Sendo o proprietário, era um homem de personalidade forte e confiante, mas naquele dia parecia estar com dificuldade para se expressar. Estava hesitante, falava sobre amenidades, coisas sem importância, desperdiçando o tempo.

— Na realidade... — começou ele, só depois de ganhar coragem com a ajuda de um pouco de saquê.

Takichiro, que era de natureza indecisa e, por assim dizer, costumava mergulhar na melancolia, tinha adivinhado o assunto que Mizuki queria abordar.

— Na realidade... — recomeçou ele, com a voz embargada: — Creio que já ouviu de sua filha a respeito do valentão Ryûsuke.

---

65. Portas corrediças externas de folhas de madeira, que ocupam todo um lado de construções em estilo japonês. Geralmente são fechadas somente à noite.

— Ah, sim. De minha parte, sinto-me envergonhado, mas compreendo muito bem as boas intenções do senhor Ryûsuke.
— Nesse caso... — Mizuki parecia aliviado. — Não sei se ele puxou a mim quando era jovem, uma vez que quando mete algo na cabeça ninguém mais consegue fazê-lo voltar atrás. Fico constrangido...
— Nós lhe ficamos muito gratos.
— Bem. Tranquiliza-me ouvir isso. — Mizuki realmente se mostrava aliviado. — Peço ao senhor que o perdoe. — E inclinou-se respeitosamente.

Por mais que a loja de Takichiro estivesse em declínio, alguém do mesmo ramo ir em seu auxílio, ainda mais um jovem, era uma humilhação. Se fosse uma questão de aprendizado do ofício, teria de ser o inverso, considerando o nível das duas lojas.

— Para nós é uma sorte, mas... — disse Takichiro. — A saída do senhor Ryûsuke não prejudicaria os negócios da sua loja...?
— Não se preocupe. Ryûsuke só aprendeu um pouco dos negócios, ainda não sabe quase nada. Não é modesto de minha parte dizer isso sendo eu seu pai, mas ele pelo menos tem caráter...
— Ah, sim. Chegou à minha loja, sem mais nem menos, e sentou diante do *bantô* com a expressão severa. Levei um susto.
— Meu filho é assim mesmo — disse Mizuki e, depois, calado, continuou bebendo.
— Senhor Sada.
— Sim?
— Não precisaria ser todos os dias, mas se Ryûsuke ajudar na sua loja, o mais novo, Shin'ichi, também aos poucos se

tornará mais maduro e isso me dará certo alívio. Shin'ichi é um rapaz muito carinhoso e, mesmo agora, às vezes Ryûsuke graceja com ele chamando-o de *ochigo-san*. Parece que isso o deixa muito desgostoso... Ele desfilou no carro alegórico do Festival Gion.

— Porque ele é muito bonito. Amigo de infância de Chieko...

— E por falar na senhorita Chieko... — Mais uma vez, Mizuki buscava as palavras.

— ...

— E por falar na senhorita Chieko... — repetiu Mizuki, e então, como se sentisse raiva, disse: — Como conseguiu uma mocinha tão bela e tão boa?

— Não foi por esforço dos pais. Ela se tornou assim — respondeu Takichiro sem rodeios.

— Creio que o senhor já me entendeu. Sua loja é mais ou menos como a minha e a razão de Ryûsuke querer ajudar em seus negócios, senhor Sada, é poder ficar perto da senhorita, nem que seja por meia hora ou uma hora diária.

Takichiro assentiu com a cabeça. Mizuki enxugou a testa, semelhante à de Ryûsuke.

— É um filho desajeitado, mas faz bons trabalhos. Não tenho intenção de forçar uma decisão, mas quem sabe um dia a senhorita Chieko possa vir a pensar, por acaso, em desposar alguém como Ryûsuke, e se o senhor concordar... Então, sei que é um pedido muito descarado, mas não poderia adotá-lo como seu genro? Deixaria de ser meu herdeiro... — abaixou a cabeça.

— Deixar de ser herdeiro? — Takichiro ficou realmente assustado. — Herdeiro de um grande atacadista?

— Isso nada tem a ver com a felicidade de uma pessoa. Olhando Ryûsuke nestes dias, eu sinto isso.

— É uma proposta muito honrosa, mas deixo esse assunto para os corações jovens, que irão seguir seu curso — Takichiro tentou se desviar da intensidade das palavras de Mizuki. — Chieko foi abandonada quando bebê.

— Mas em quê importa isso? — indagou Mizuki. — Bem, sobre a conversa de hoje, peço que guarde sigilo, ficando apenas entre nós. E quanto a Ryûsuke, poderia mandá-lo para ajudar em sua loja?

— Sim, claro.

— Obrigado, obrigado! — Mikuki parecia aliviado do peso que trazia nos ombros, e começou a beber com mais fôlego.

Na manhã seguinte, assim que chegou à loja de Takichiro, Ryûsuke reuniu o *bantô* e os funcionários para que inventariassem as mercadorias: brocados laqueados de ouro e prata, sedas brancas por tingir; crepes bordados, crepes de seda *hitokoshi*, cetins refulgentes; crepes de seda *omeshi*, sedas lisas; mantas de noiva; quimonos de mangas longas, de comprimento médio e de cerimônia; brocados de ouro, damascos, tingimento especial; quimonos de passeio, obis; sedas para forro, acessórios diversos...

Ryûsuke limitou-se a assistir, sem nada dizer. O *bantô* estava impotente, pois desde aquele outro dia sentia-se incomodado com a presença do jovem.

Ryûsuke recusou o convite para jantar e foi embora.

A noite desceu, e alguém bateu suavemente à porta gradeada. Era Naeko. A batida foi ouvida apenas por Chieko.

— Oh, Naeko, que bom ter vindo! Está uma noite tão fria, não?

— ...
— Mas as estrelas apareceram...
— Chieko, o que devo dizer em cumprimento a seus pais?
— Contei tudo sobre você, por isso, basta dizer: "Sou Naeko." — E envolveu os ombros da irmã, conduzindo-a para o interior da casa. — Já jantou?
— Comi sushi, logo ali. Obrigada.

Naeko estava tensa. Acharam tão incrível a semelhança entre as duas que os pais não conseguiram dizer quase nada.

— Chieko, leve-a para o aposento de cima, e conversem as duas, sossegadas — sugeriu a mãe, gentilmente.

Chieko pegou a mão de Naeko e passou pela varanda estreita, chegando a seu quarto nos fundos do andar superior. Acendeu a estufa.

— Naeko, venha cá — chamou-a para diante do espelho de corpo todo. Então, analisou os rostos de ambas.

— Como somos parecidas! — Chieko sentiu que algo quente vinha-lhe subindo. Trocaram de posição, da direita e da esquerda. — Realmente, somos a imagem uma da outra.

— Porque somos gêmeas — disse Naeko.

— Se todo mundo tivesse gêmeos, o que aconteceria?

— Seria complicado, o tempo todo confundindo as pessoas. — Naeko recuou um passo, os olhos úmidos. — O destino de uma pessoa é imprevisível, não?

Chieko também recuou até onde Naeko estava, e sacudiu-lhe os ombros.

— Naeko, pode ficar nesta casa para sempre, não pode? Papai e mamãe também falam nisso... Estou sozinha, sinto-me só... As montanhas dos cedros podem ser um lugar agradável, mas...

Como se não conseguisse se sustentar em pé, Naeko vacilou um pouco e quedou-se, apoiando-se num joelho. Sacudiu a cabeça. Lágrimas caíam-lhe sobre os joelhos.

— Senhorita, as vidas que levamos são diferentes. A educação e tudo mais também. Eu não poderia me acostumar com o estilo de vida daqui, de Muromachi. Aceitei visitar esta loja apenas uma vez. Desejava também lhe mostrar o quimono que me deu... Além disso, a senhorita foi me visitar duas vezes nas montanhas dos cedros.

— ...

— O bebê abandonado pelos nossos pais foi a senhorita. E eu não sei qual teria sido a razão.

— Tudo isso, eu já esqueci — disse Chieko sem se importar. — Eu, agora, já nem penso mais que tive esses pais.

— Nossos pais não teriam sido castigados pelos deuses? Eu penso nisso, às vezes... Eu era apenas um bebê, mas, por favor, perdoe-me.

— E por que a responsabilidade ou a culpa seriam suas?

— Não é por causa disso, mas como disse no outro dia, não quero me intrometer nem um pouco na sua felicidade, senhorita. — Naeko baixou o tom da voz. — Tenho vontade de desaparecer, de vez.

— Oh, não! Não diga isso! — Chieko quase gritou. — Isso não parece justo... Naeko, é infeliz?

— Não. O que sinto é solidão.

— A felicidade é breve e a tristeza, longa, não seria assim? — indagou Chieko. — Venha, vamos nos deitar e conversar um pouco mais. — Retirou os acolchoados e lençóis do armário embutido.

Enquanto ajudava, Naeko comentou:

— Isso é o que chamam de felicidade, não? — E pôs-se a escutar o ruído que vinha do telhado.

Chieko notou que Naeko aguçava o ouvido.

— Chuva? Chuva misturada com neve? — perguntou Chieko, e também ficou imóvel.

— Acha? Não seria neve fina?

— Neve...?

— Porque cai silenciosa. Não é bem neve, aquele de tipo pesado. Mas uma bem fina, como pó.

— Ah, é?

— Na aldeia da montanha, às vezes, cai uma neve fina como esta, e nós, que trabalhamos, nem nos damos conta disso. Quando percebemos, a parte de cima das folhas de cedro está branca como as flores, e até as extremidades dos ramos muito, muito finos, acabam esbranquiçando — disse Naeko. — É tão lindo!

— ...

— Às vezes, para logo, outras vezes, transforma-se em neve misturada com chuva, ou em chuva mesmo...

— Quer que eu abra o *amado* para ver? Dá para se certificar de vez — Chieko se levantou, mas Naeko a deteve, abraçando-a.

— É melhor não. Faz frio demais, e seria uma desilusão.

— Ilusão, espectro, como gosta de usar essas palavras.

— Ilusão...?

Havia um sorriso no belo rosto de Naeko. Podia-se perceber nele um traço de melancolia.

Chieko ia estender os acolchoados quando Naeko disse apressadamente:

— Chieko, por favor, pelo menos uma vez, deixe-me fazer o seu leito.

Os dois leitos ficaram estendidos lado a lado. No entanto, sem nada dizer, Chieko se enfiou no de Naeko.

— Ah, Naeko, como é quentinha!

— Porque trabalho um bocado. Também, no lugar onde eu vivo...

Naeko envolveu-a num abraço.

— Numa noite assim esfria bastante. — Naeko parecia não sentir nem um pouco de frio. Então continuou: — A neve fina como pó ora cai, ora cessa, e torna a cair... Esta noite...

— ...

Takichiro e Shige chegaram ao quarto contíguo. Por serem idosos, esquentavam o leito com cobertor elétrico.

Naeko encostou a boca na orelha de Chieko e sussurrou:

— Já que seu leito ficou quente, vou passar para o outro.

Pouco depois, a mãe abriu uma fresta no *fusuma* e espiou o quarto das duas jovens.

Na manhã seguinte, Naeko levantou ainda de madrugada, sacudindo Chieko para acordá-la.

— Senhorita, esse foi o acontecimento mais feliz de minha vida. Deixe-me ir embora, antes que as pessoas me vejam.

Como Naeko dissera na noite anterior, a neve fina como pó tinha caído e cessado durante a noite, e agora caía apenas uma neve esparsa. Era uma manhã gelada.

Chieko levantou-se.

— Naeko, não veio preparada para a chuva, não é mesmo? Espere. — Chieko preparou seu melhor casaco de veludo, o guarda-chuva dobrável e os tamancos de dentes altos.

— São presentes meus para você. Venha me ver mais vezes.

Naeko meneou a cabeça, negativamente. Agarrada às grades *bengara*, Chieko acompanhou-a com o olhar enquanto ela se afastava, demoradamente. Naeko não se voltou nenhuma vez. Um pouco de neve fina caía e logo se dissolvia na franja do cabelo de Chieko. A cidade ainda estava adormecida.

Glossário

CERIMÔNIA DO CORTE DE BAMBU – O cerimonial do corte do bambu do templo Kuramadera remonta à era Heian. Segundo a lenda, grandes serpentes invadiram o recinto sagrado do templo e foram exterminadas pela força da oração de um monge. No ritual, os bambus que são cortados simbolizam as serpentes.

ERA ENRYAKU – 782 a 808.

ERA MEIJI – 1867 a 1912.

ERA SHOWA – Reinado do imperador Showa, de 1926 a 1989.

ERAS IMPERIAIS – Sinônimo de era Heian (794 a 1192).

ESCOLA KANOU – Maior corrente de artes plásticas surgida no Japão durante o século XIV. Extinguiu-se no decorrer da modernização da era Meiji.

FESTIVAL DO FOGO DE KURAMA – Realizado no santuário Yukijinja do monte Kuramayama.

GENJI MONOGATARI – Obra de Murasaki Shikibu (973?-1014?) do início do século XI, considerada um dos primeiros romances da literatura universal.

HATSUUMA – Comemoração que marca o primeiro dia de *uma* (cavalo, no horóscopo chinês) em fevereiro, quando é realizada a festividade nos santuários Inari.

HIGASHIYAMA (montanhas) – A cidade de Kyoto é cercada nos seus três lados por cadeias de montanha. Assim, tem-se Higashiyama (no Leste), Nishiyama (no Oeste) e Kitayama (no Norte).

KOETSU, HON'AMI (1558-1637) – Destacou-se pelo domínio de várias técnicas artísticas: caligrafia, cerâmica, laca, afiamento de sabres.

HOTEI – Deus da fortuna, representado como um homem gordo, calvo e de enorme barriga exposta. Uma das "Sete divindades da felicidade" (Shichifukujin).

IZUMONO OKUNI (1572-1613?) – Artista criadora do teatro *kabuki*, cujo auge, segundo alguns registros, deu-se no período de 1596 a 1606, quando então apresentou a dança Nenbutsu, em Kyoto.

KABURENJO – Escola de música e dança para *maiko* e gueixas.

KAZUNOMIYA (1848-1877) – Irmã do imperador Kômei. Casou-se com o xogum Tokugawa Iemochi, atendendo a necessidades políticas.

KINKAKUJI – Templo do Pavilhão Dourado, em Kyoto, que foi consumido num incêndio em 1950 e reconstruído em 1955.

KIYOMIZUDERA – Templo no centro de Kyoto conhecido por sua espetacular estrutura de madeira.

KOU U e GU-KI – Baseada no clássico chinês "Romance dos três reinos". Os personagens são Xiang Yu (em japonês Kou U), que disputou a soberania da China, Liu Bang (em japonês Ryu Hou), que derrotou Xiang Yu na disputa, e a princesa do Gu (Gu-ki).

KÔYAGIRE – Cópia manuscrita do século XI da antologia poética Kokinshu (século X). O nome *Kôyagire* provém do fato de que a cópia mais antiga da antologia foi preservada nos templos do monte Kôyasan, nos arredores de Osaka.

KUSUNOKI MASASHIGE (1294-1336) – General do Exército do Sul na época das duas dinastias (do Norte e do Sul).

MIBU – Teatro *kyogen* tradicional do templo Mibu, em Kyoto. Sua origem remonta ao final do século X.

MINAMOTO NO YORITOMO (1147-1197) – Chefe do clã Minamoto (ou Genji), adversário dos Heike. Fundador do primeiro *bakufu* (governo militar), tornou-se o primeiro xogum da história japonesa.

MURASAKI SHIKIBU (973?-1014?) – autora de *Genji Monogatari*, famosa obra da literatura japonesa.

MYOUE SHOUNIN (1173-1232) – Santo budista da seita Kegon.

ODA NOBUNAGA (1534-1582) – Xogum que morreu assassinado por seu general Akechi Mitsuhide.

ONONO KOMACHI – Poetisa dos meados do século IX, cuja beleza é lendária. Escreveu muitos episódios amorosos.

RENGETSUNI, OTAGAKI (1791-1875) – Poetisa; depois da morte do marido, tornou-se monja.

SAI'OU – No passado, uma das filhas virgens do imperador era designada a servir temporariamente como Sai'ou, sacerdotisa nos santuários Kamo ou Isejingu.

SEI-SHONAGON – Poetisa, autora de *Makura no Sôshi* (Crônicas do travesseiro), de meados do século X.

SHIRAKAWA – Mulheres da região de Shirakawa, ao norte de Kyoto, que, com o traje típico tradicional de trabalhadoras do campo, circulam nas ruas de Kyoto vendendo verduras e flores. No original de Kawabata, s*hirakawame.*

SHIZUKA-GOZEN – Como Tokiwagozen, Yokobue, Tomoegozen, foi uma mulher que viveu na conturbada época de guerras entre os clãs Heike e Genji. Os nomes, vidas e amores trágicos dessas quatro mulheres foram perpetuados no romance épico *Heike Monogatari* (História de Heike), de cerca de 1218.

SÔTATSU, TAWARAYA – atuou no início da era Edo. Considerado um dos maiores artistas plásticos da história do Japão.

TAIRA NO ATSUMORI (1169-1184) – Guerreiro pertencente ao clã Genji.

TAIRA NO SHIGEMORI (1138-1179) – Primogênito de Taira no Kiyomori (1118-1181), chefe do clã Taira (ou Heike).

TAYU – As *tayu* eram cortesãs de luxo que atuavam nos bairros de diversão até o início da era Meiji. Em Kyoto, Shimabara – hoje extinto – foi o mais próspero desses bairros, havendo ali a Kadoya, uma das casas a manter as *tayu*, cuja construção encontra-se ainda preservada. Já na época de Kawabata, as *tayu* eram vistas apenas em demonstrações para turistas.

TOYOTOMI HIDEYOSHI (1536-98) – Tornou-se xogum depois de derrotar Mitsuhide.

YAMATOE – Pinturas de estilo japonês da era Heian, diferente das que receberam influência do estilo chinês.

YODOGIMI (1567-1615) – Concubina do xogum Hideyoshi que exerceu grande poder, sobretudo depois da morte do xogum.

YOSHINO-DAYU – Lendária cortesã que supostamente viveu em Shimabara, Kyoto, no início do século XVII.

ESTE LIVRO, COMPOSTO EM GATINEAU 10,7/15,
FOI IMPRESSO SOBRE PAPEL AVENA 70 g/m² NAS
OFICINAS DA MUNDIAL GRÁFICA, SÃO PAULO — SP,
EM JULHO DE 2023